DU MÊME AUTEUR

Aux Éditions Gallimard

Dans la collection « Blanche »

LE FILS PERDU, 2012.

MITTELEUROPA, 2015.

UNITED STATES, 2017.

BORÉALES, 2019.

Dans la collection « Folio »

LETTRES D'AMÉRIQUE, avec Philippe Labro, 2004.

LETTRES ANGLAISES, avec Bernard Rapp, 2005.

MON ANGLETERRE, 2007.

DÉCALAGE HORAIRE, 2007.

Dans la collection « Découvertes », avec Raymond Chirat

GUEULES D'ATMOSPHÈRE, 1994.

LE THÉÂTRE DE BOULEVARD, 1998.

SACHA GUITRY, L'HOMME ORCHESTRE, 2007.

LA VIE CULTURELLE DANS LA FRANCE OCCUPÉE, 2009.

Chez d'autres éditeurs

JE NE SUIS PAS LÀ, *La Table Ronde*, 2007.

L'AMI POSTHUME, *Grasset*, 2008.

JE NE SUIS PAS LÀ, volume 2, *La Table Ronde*, 2009.

PARIS XVI, avec Alain Bouldouyre, *Mercure de France*, 2009.

CARNET TRANSCANADIEN, avec Alain Bouldouyre, *Actes Sud*, 2009.

Suite des œuvres d'Olivier Barrot en fin de volume

LES VOYAGES DE FEININGER

Lyonel Feininger, *Kathedrale* (« Cathédrale »), 1919.

OLIVIER BARROT

LES VOYAGES DE FEININGER

nrf

GALLIMARD

« Eh bien, Tryphon, vous partez en voyage ?
— Non, non, car je pars en voyage. »

Hergé, *L'Affaire Tournesol*

I

ALLER

Il pleut sur Versailles tandis que je marche sur la grande avenue qui descend vers le château. La ville royale, si proche de Paris, m'apparaît depuis toujours plus provinciale que toute autre. Affaire de style architectural, de volumes, tout de majesté, de rythme ambiant, comme alangui. Le soir tombe, les pneus des voitures éclaboussent les trottoirs, les passants, rares, cheminent prestement. Venant de Paris, j'ai tenu à descendre à la gare des Chantiers, j'aurais pu choisir celle de Porchefontaine ou Versailles-Rive gauche : toutes les préfectures n'offrent pas un tel choix. Le temps ne m'est pas compté. Je me demande quand même s'il me fallait véritablement repérer la maison natale de François Achille Bazaine, maréchal de France, sénateur d'Empire. À moi qui m'aventure depuis si longtemps dans l'entrelacs des quatre années de la France occupée, l'homme de la capitulation de Metz si improprement prénommé Achille m'apparaît comme l'exact précurseur de Pétain. À la tête d'une troupe de près de 200 000 soldats, celui qui refuse le combat et prétend solliciter « dans l'honneur », ose-t-il déclarer à ses subordonnés, un armistice de l'ennemi prussien anticipe de soixante-dix ans le discours du « vainqueur de Verdun » glorifiant la débâcle, l'« étrange défaite », selon l'expression de Marc Bloch, de « notre admirable armée ». Tôt l'histoire a vu en ces mots, en ces gestes identiques deux exemples de haute trahison. Passer d'un camp à l'autre, d'une culture à l'autre : cela s'est vu, s'est fait. Hors les moments de guerre, franchir ces frontières n'a rien d'une infamie. Je me trouve à Versailles, aussi, parce que Georges Darien le révolté relate à chaud dans *Bas les cœurs !* l'entrée des Prussiens dans cette cité où il réside enfant. Il se cache derrière un arbre pour voir défiler les uhlans, je repère les lieux qu'il décrit, inchangés. L'orage redouble, le boulevard est désert. Un halo faible et jaune sourd de la devanture en recoin d'une librairie d'occasion. Me croira-t-on quand j'écris y avoir trouvé le libelle de Galtier-Boissière, si justement intitulé *Tradition de la trahison chez les maréchaux*, publié en décembre 1944 aux Éditions Pierre Trémois ?

« Ah, Dieu ! que la guerre est jolie... », jubilait Apollinaire. Tellement qu'elles sont trois en trois quarts de siècle à empreindre notre roman national, avec chaque fois le même adversaire. Un affrontement pathologique d'affinités à la fois communes et incompatibles, dont je me suis tôt avisé avant que d'y aller voir. Le conflit armé entre la France et la Prusse commence à la mi-juillet 1870, le triste Napoléon III et ce Versaillais de Bazaine, convaincus de l'illusoire supériorité de nos armes, laissent Guillaume et Bismarck infliger à notre pays l'humiliation et l'amputation. Un jour, mon ami Claude Rich, grand acteur natif d'Alsace, me donne à lire sa remarquable dernière œuvre, une pièce restée inédite et jamais jouée, *Les Uhlans*. Sise en une propriété proche du front et menacée par l'envahisseur, elle met en scène l'attitude des riverains, héroïques, résignés ou traîtres. La guerre de 70, cruelle révélatrice de ce que nous pouvons être. Au rugby, nos rivaux de Grande-Bretagne s'étonnent de longue date que l'emblème du Quinze de France soit ce coq posé sur son tas de fumier. Je préfère le prosaïque poireau du pays de Galles. Versailles aussi traduit exactement notre dialectique de fondation, entre éclat souverain et gloriole narcissique. Quelque part en ville, une plaque évoque-t-elle la naissance de Bazaine ? Qu'importe, celui-ci m'a donné le prétexte à l'une de ces promenades mouillées que je prise dans quelque pays où je me trouve, et dont j'ai entrepris la recension. Pour l'heure, je m'approche de l'esplanade que domine la statue du Roi-Soleil, comme une invitation au château. Nuit sans lune mais avec pluie. Grilles fermées, alentours déserts, le palais occulté. Je prends place à la Brasserie du Théâtre, le Lipp versaillais, je suis le seul client, on n'attend plus personne. Godot ? Non, Samoy, celui qu'espèrent voir arriver les trois protagonistes d'une autre fantaisie de Claude Rich, *Un habit pour l'hiver*. Comment n'y point songer en ces instants de solitude et de remémoration ? La verrière de la terrasse qui jouxte le Théâtre Montansier est striée de gouttes, le tonnerre résonne tels les trois coups, c'est une scène muette à laquelle j'assiste. Dans la pièce de Rich, il tombait des cordes, et les personnages désemparés qu'interprétaient Claude Piéplu, Georges Wilson et l'auteur arrivaient dégoulinants sur le plateau. C'était il y a quarante ans, ils ont tous disparu, et me voici tout à coup saisi de l'émotion du souvenir.

Le service est terminé depuis longtemps, le personnel attendant obligeamment que je consente à quitter les lieux. Dehors, la bourrasque redouble, personne, la rue vide. Un paysage extrême, une encre de Victor Hugo, un nocturne de Chopin : pour le coup, la nuit est effectivement transfigurée, transfigurante plutôt. J'entrevois l'évidence : je suis homme de pluie, comme d'autres de bien ou de main, moi qui préfère les clichés et les films en noir et blanc, à mes yeux les vraies couleurs du monde. Est-ce celle de Jean Gabin, cette silhouette en imperméable, feutre rabattu sur les yeux, qui face à la tempête descend les marches d'une passerelle ? Cette photo de René-Jacques m'est si précieuse, constante référence mémorielle, à l'instar de ces séquences pluie-nuit de cinéma, Orson Welles au cœur de l'obscurité viennoise du *Troisième Homme*, ou James Mason trempé dans *L'Homme de Berlin*. Il y a loin à pied jusqu'à la gare, où j'arriverai ruisselant comme Gene Kelly dans la fameuse séquence de *Singin' in the Rain*. Nul ne se sera abrité sous la verrière pour m'y guetter. Dernier passage à 23 h 17, on l'entend et on le voit venir de loin, d'une longue ligne droite, train fantôme chassant en gerbes l'eau des rails brillants.

Un catalogue irraisonné d'instants et d'impulsions scandés par le piano de Schubert m'amène à un nouveau voyage, une fois de plus dans la direction de cet Est européen d'où je proviens lointainement. En détours cependant, puisque c'est à New York qu'est né cet enfant de parents allemands dont la destinée comme l'œuvre n'ont cessé de me solliciter. Allemagne, États-Unis, deux pays d'inspiration réunis en l'espèce pour moi seul. Comme tant d'autres, comme moi-même, il sera homme de voyages d'un continent à l'autre. Lyonel Feininger : un *relative* selon l'expression anglaise, un parent adopté depuis plus d'un demi-siècle. À son insu, son histoire, je l'ai toujours sentie mienne, au même titre que cette porosité germano-américaine à laquelle je dois tant, puisque façonné par l'esprit de ces deux univers mentaux. Les Allemands, ai-je récemment appris, ont constitué le plus abondant contingent d'immigrants aux États-Unis, juste après les Irlandais, mais devant les Polonais, les Scandinaves, les Chinois, les Italiens. C'est ainsi qu'abandonnant le grand-duché de Bade et sa ville de Karlsruhe, Karl Friedrich Feininger, violoniste très apprécié de Liszt et compositeur, s'embarque pour le Nouveau Monde avec ses parents en 1853. Mais contrairement à la majorité de leurs compatriotes, ils ne se fixent alors ni dans le Minnesota ni dans le Wisconsin, États du Nord et d'élection des arrivants germanophones, mais en Caroline du Sud, à Columbia. Du fait du succès de Karl Friedrich comme soliste, ils s'installent ensuite à New York, la nouvelle capitale du monde. Pour les Feininger, la musique est vocation et profession.

Voici que je nous entraîne pour de bon du côté de chez Charles Leonell, dit Lyonel Feininger, qui voit le jour 85 Saint Mark's Place, dans le quartier d'East Village de New York City, le 17 juillet 1871, un an presque jour pour jour après la déclaration de guerre française à la Prusse, qui ne bouleverse pas une Amérique à peine sortie de son propre conflit civil entre Nord et Sud. Quelle langue parle-t-il avec ses parents, et bientôt ses sœurs ? À coup sûr, celle de la musique, que lui enseigne son père, et pour laquelle il démontre tôt des aptitudes et un goût affirmé. New York des années 1880, déjà effervescente, celle des tramways, des vapeurs, de l'inauguration de Central Park et de la gare de Grand Central, des premiers gratte-ciel tel le Flatiron de Madison Square qu'Henry James, cet autre voyageur transatlantique, décrit dans *L'Américain* ou *Washington Square*. C'est dans cette ville que j'ai lié connaissance avec le plus fervent connaisseur, défenseur, révélateur de l'œuvre de Feininger, l'Allemand Achim Moeller, lui aussi homme de l'aller-retour. Dans sa galerie de la 64e Rue, fondée en 1972 au cœur du très chic Upper East Side, Moeller expose Feininger pratiquement à l'année. Deux marches, je sonne, on m'accueille avec bienveillance, les visiteurs ne sont pas légion. Aux murs, des œuvres du peintre de tous styles et toutes époques, et aussi une exhaustive bibliothèque feiningerienne en toutes langues. Je possède quelques-uns de ces ouvrages, acquis depuis certain jour de 1969 – j'y viendrai – où m'a saisi d'enthousiasme la découverte du peintre, si peu représenté dans les collections françaises. Ce sentiment doit apparaître puisqu'on m'offre une mince plaquette bleue, catalogue d'un accrochage Feininger à la Galerie Buchholz dû à son marchand lui aussi germano-américain, Curt Valentin, en avril 1950.

À présent apparaît le propriétaire des lieux, qui parle notre langue sans l'ombre d'un accent. Né à Heidelberg, élevé en Sarre frontalière, il a épousé une Française. Galeriste à Londres,

Berlin, New York, l'aimable Achim incarne la peinture germanique d'entre les deux guerres, en collectionneur, en historien, en marchand. De l'œuvre abondante de Feininger, son artiste préféré, il a entrepris le « catalogue raisonné » (l'expression est passée telle quelle en anglais) : huiles, aquarelles, dessins, gravures, caricatures, bandes dessinées, photographies, jouets de bois, illustrations. Il se lève pour me révéler une alcôve dissimulée, écarte le voile qui recouvre un tableau que je n'ai jamais vu reproduit, une absolue splendeur en vert et bleu : *Calm at sea, n° 3*, peinte en 1929. Nous restons silencieux. Achim mentionne juste son prix, 4 millions de dollars, avant que de me recommander en Allemagne des destinations feiningeriennes, les villes de Weimar, Halle, Greifswald, et les collections Klumpp à Quedlinburg, Loebermann à Chemnitz. J'irai. Pour Feininger, j'ai déjà parcouru l'Europe et l'Amérique, Fondation Thyssen-Bornemisza à Madrid, musée Ludwig à Cologne, musée Folkwang à Essen, musées des Beaux-Arts de Montréal, de Boston, de Chicago, de San Francisco, de Kansas City. Et le souverain ensemble d'aquarelles et d'huiles, le premier que je vis aux États-Unis, celui de la Phillips Collection de Washington. Feininger, une dilection adolescente et définitive que ne partage apparemment pas Ronald Lauder, fils de sa mère Estée, et qui fut nommé par Ronald Reagan ambassadeur des États-Unis en Autriche, pays d'origine de cette famille fortunée. Je quitte Achim Moeller pour remonter Madison Avenue sous l'orage toujours bienvenu jusqu'à la 86e Rue et la Neue Galerie, ouverte par l'heureux héritier, président du Congrès juif mondial, et son ami Serge Sabarsky. Les deux étages de ce charmant musée privé sont dévolus aux peintres et architectes allemands et autrichiens de la Belle Époque à la guerre. On m'a assuré que la collection comptait un Feininger. Je pense le découvrir parmi des Klimt, des Kirchner, des Kokoschka, des Nolde, des Schiele. Un gardien peu amène : « Pas de Feininger ici. »

Son père lui enseigne son art et, quand il ne se produit pas sur scène en tournée, lui expose la nature, les chutes du Niagara, les rives du Saint-Laurent. La famille déménage souvent, les enfants, Lyonel et ses sœurs, vivent chez des amis des parents. Le garçon possède un don pour le violon, il donne à treize ans des concerts de musique de chambre. Mais tel Holden Caulfield dans *L'Attrape-cœurs*, il s'amuse aussi à parcourir Central Park et à faire naviguer sur le Pond des petits bateaux qu'il a dessinés et construits. La tentation de dessiner n'est pas moindre que celle de composer. C'est cependant pour se former plus strictement à la musique que le grand adolescent efflanqué, visage émacié, menton pointu, prend seul la mer à l'automne 1887 pour Hambourg, ville libre et grand port de la triomphale Allemagne de Guillaume Ier et de Bismarck, sur le paquebot *Gellert* de la Hamburg America Line. Son premier voyage en Europe, un séjour d'un demi-siècle pour cet « Américain typique », ainsi qu'il se définira un peu plus tard. Richard Wagner est mort trois ans plus tôt, et c'est au conservatoire de Leipzig, sa cité natale, que doit étudier Lyonel. La légende voudrait que son professeur fût absent, et qu'il saisît ce prétexte pour s'inscrire plutôt aux cours de dessin et de peinture d'une école des arts et métiers de Hambourg. Et puis Hambourg, où naquirent Brahms et Mendelssohn, revêt davantage de séductions que Leipzig, avec ses docks, ses chenaux, ses entrepôts de brique, ses grues de déchargement des cargos, ses quais que Lyonel apprécie d'arpenter. Un siècle après lui, notre pianiste Hélène Grimaud décrira dans un livre magnifique les bonheurs qu'elle y a elle aussi rencontrés lors de ses déambulations nocturnes et pluvieuses, guidée par le halo jaune orangé des réverbères.

Cependant, c'est à l'Académie des Beaux-Arts de Berlin que Feininger devient l'année suivante l'élève du peintre assez académique Ernst Hancke.

Berlin ! Berlin ! Comme le « Thalassa ! Thalassa ! » des Grecs, le « New York ! New York ! » de Sinatra, ou le « À nous deux Paris ! » de Rastignac. Berlin, triple métropole de la Prusse, de la Confédération et de l'Allemagne, Berlin l'aristocratique et l'ouvrière, Berlin, ville-monde comme New York dont elle est à peine l'aînée, Berlin du meilleur et du pire, millénariste et infernale. Impossible de n'en pas ressentir l'attrait, d'autant que Feininger emménage avec sa mère, désormais séparée de Karl, au 18 Unter den Linden (Sous les tilleuls), la plus renommée des artères de la cité : je crois bien avoir identifié cet immeuble de style classique, épargné par les conflits, moi qui n'ai cessé de retourner à Berlin, hanté par sa résilience crépusculaire si exactement décrite par Jean-Michel Palmier dans *Berliner Requiem*. Pourquoi ai-je toujours pensé qu'elle doit se parcourir la nuit, comme si les fantômes préféraient ces heures-là à toutes autres ? Dans ces années de la fin du siècle et du début du règne de Guillaume II, sans doute Feininger a-t-il emprunté le premier tramway électrique et la première ligne de métro aérien, tout récents, a-t-il assisté aux séances cinématographiques du Wintergarten ou du Marmor Palast. Le Viennois Stefan Zweig, né dix ans après Feininger, a vécu et saisi l'assomption de la ville dans *Le Monde d'hier* : « Les grands consortiums, les familles opulentes venaient s'installer à Berlin, et une nouvelle richesse, associée à l'esprit d'entreprise, offrait à l'architecture, au théâtre, plus de possibilités qu'en aucune des grandes villes d'Allemagne, les musées s'agrandissaient sous la protection de l'empereur. »

Du moins Feininger approfondit-il sa pratique du dessin d'humeur : des journaux à suppléments dominicaux, *Ulk* (Gag), *Lustige Blätter* (Pages amusantes), *Das Narrenschiff* (La Nef des fous), *Der liebe Augustin* de Meyrinck, l'auteur du *Golem*, publient ses portraits-charge, genre qu'il pratiquera longtemps, avec une prédilection ironique pour les vélocipédistes, ouvriers en bourgeron, élégantes en crinoline, pistards en plein effort, lui qui de tout temps s'est adonné aux plaisirs de la petite reine. Il adresse à ses amis des cartes postales agrémentées d'illustrations, dessine pour son école les programmes des fêtes annuelles. Ainsi d'une stupéfiante vision au crayon, tout en hauteur, de Friedrichstrasse à

Berlin en l'an 2000 : un fantasme prémonitoire – immeubles gigantesques en enfilade, ciel invisible –, tel que le représentera Fritz Lang dans *Metropolis*. Autre voyage, la Belgique, il étudie un temps au collège jésuite Saint-Gervais de Liège, visite les musées bruxellois, puis regagne Berlin. Vacances en Poméranie sur l'île de Rügen en mer Baltique, fin des études, menus travaux crayonnés. La vraie inspiration, écrit-il à ses proches, c'est à Paris qu'il la cultivera.

Berlin-Westbahnhof - Paris-gare de l'Est en dix-huit heures par le train de nuit, sinon de luxe, comme ceux qu'affectionnaient Larbaud et Morand. Six mois en France à partir de novembre 1892, il a vingt ans à peine, Paris à l'orée de la Belle Époque déploie ses attraits. Une demi-année frénétiquement dévolue aux arts plastiques : Feininger néglige les nouveaux lieux à la mode, la tour Eiffel, le Moulin Rouge, qui fascinent ses confrères et amis, à commencer par Robert Delaunay. Il s'inscrit à l'Académie Delecluse et à l'Académie Colarossi de Montparnasse, celle-là même qu'ont à un moment fréquentée Grosz et Camille Claudel, Mucha et Gauguin, Lurçat et Modigliani, Gromaire et Paula Modersohn-Becker. On y travaille, on apprend à dessiner preste, cinq minutes et on lève le crayon, on s'y amuse, dans un contexte artistique pour le moins différencié que dominent aussi bien Gustave Moreau que Monet, Van Gogh que Caillebotte, Seurat que Gauguin. À son retour à Berlin commence sa première véritable carrière comme caricaturiste professionnel, à laquelle il se livre moins par passion que par nécessité alimentaire. Feininger rêve d'une œuvre personnelle, qu'il évoque dans ses lettres à sa nouvelle épouse Julia Lilienfeld, qu'il rejoint souvent à Weimar en Thuringe où elle est étudiante, elle qui l'incite à s'essayer à la lithographie et à la gravure. Weimar, déjà. Au reste, c'est en Allemagne qu'autour de 1900 il est désormais sérieusement considéré : n'expose-t-il pas aux côtés d'Aubrey Beardsley, maître de l'Art nouveau, à la suggestion de la Sécession berlinoise, ce groupe de peintres dissidents dont il s'est rapproché ? Nostalgie du pays natal – on l'a surnommé « l'Américain » – d'où provient indirectement le salut : le voici auteur de bande dessinée pour le supplément illustré du *Chicago Tribune*, inventant au gré de sa verve comique les aventures en couleurs des *Kin-der-Kids* ou des variations anthropomorphiques inspirées de la berceuse écossaise « Wee Willie Winkie ». Il figure en classique dans les dictionnaires de la bande dessinée, et le grand Art Spiegelman lui-même, l'inventeur de *Maus*, s'est épris de ses histoires. Feininger, praticien et zélateur d'un art nouveau, conjointement avec son contemporain et compatriote du *New York Herald* Winsor McCay, le créateur de *Little Nemo*.

1906-1907, années-clés. À l'hôtel Adlon qui vient d'ouvrir sur Pariser Platz et où ils prennent un verre, les Feininger décident de revenir à Paris. Ils habitent 242 boulevard Raspail, dans l'immeuble où résidera peu après Picasso, à Montparnasse, familiers du café le Dôme notamment, où ils voisinent avec la colonie allemande des « Dômiers » – les Américains préfèrent le Select et les Russes la Closerie des Lilas – et se lient en particulier avec Pascin le Bulgare, le désespéré que Lyonel aime portraiturer, et, avec Robert Delaunay, ils parcourent la Normandie. Lyonel arpente la capitale qu'il croque à toute heure à l'encre de Chine, au fusain, au crayon noir ou de couleur, immeubles, silhouettes, cheminées, statues, scènes de rue, et les arches du pont de Meudon sur lequel se croisent deux convois : il a toujours aimé l'univers ferroviaire, lui qui enfant s'était maintes fois rendu sur le chantier du métro aérien de la Deuxième Avenue de New York. Très peu de figures humaines dans sa représentation des rues de la ville et de ses banlieues, qui semblent désertées. Pourquoi, les observant, ai-je d'emblée songé à la vision d'un Paris vide qu'a donnée bien longtemps après mon cher Pierre Le-Tan ? En 1993, l'artiste publie *Épaves et débris sur la plage*, qui se termine avec une évocation par Patrick Modiano du Carrefour de l'Europe, au-dessus de la gare Saint-Lazare, que Le-Tan représente au crayon noir, ombres et hachures, sans voitures ni passants. Il l'illustre de deux doubles pages : exactement comme chez Feininger, piéton de Paris, se dégage une oppressante sensation d'un monde en voie d'effacement.

Au reste, depuis sa première visite parisienne, le paysage pictural a changé du tout au tout, les Fauves et Cézanne règnent, Picasso introduit le cubisme avec *Les Demoiselles d'Avignon*. Les personnages démesurés qui commencent d'habiter certaines œuvres de Lyonel ont été remarqués par une extraordinaire figure de la vie lancée de la capitale, Paul Iribe, sur lequel je vais m'arrêter un instant. En 1982 paraissait à son propos chez Denoël un volume illustré grand format relié de toile rose, et maquetté par Massin le toujours-inspiré. Il précédait une exposition organisée l'année suivante à la bibliothèque Forney, où je découvris ses travaux protéiformes un peu bien oubliés, malgré les efforts d'Edmonde Charles-Roux, entre autres, pour le remettre en lumière. Figure éminente de l'Art déco, de douze ans plus jeune que Feininger, il pratique plusieurs des disciplines que Gropius réunira dans l'enseignement du Bauhaus. Dessinateur pour *L'Assiette au beurre* et *Le Rire*, concepteur de robes et de meubles pour Poiret, Doucet et Jeanne Lanvin, décorateur à la Paramount d'Hollywood d'une douzaine de films de Cecil B. DeMille, dont *Les Dix Commandements* et *Le Roi des rois*, celui qui fut l'intime et le fiancé de Gabrielle Chanel lance des périodiques magnifiquement mis en page et illustrés, tels *Schéhérazade* et *Le Mot*, dont Cocteau est l'illustrateur et le presque unique rédacteur. Et aussi, son plus achevé, *Le Témoin*, financé par sa promise, 31 numéros de 1906 à 1910, et qui n'a cessé de surprendre : à-plats de couleur plein format, couvertures typographiques, abondance de vignettes. Un parti pris réactionnaire, une tonalité libertine. Par exemple, dans le numéro 46 du 27 novembre 1909, une page entièrement noire ainsi légendée : « Pudeur. – Ah ! Non, je vous en prie... laissez-moi, au moins, mon collier de perles ! » Parmi les rédacteurs, Jehan

Rictus, Anatole France, Paul-Jean Toulet, André Salmon. Les illustrateurs : Juan Gris, Vallotton, Forain, Guitry, Dunoyer de Segonzac. Et Lyonel Feininger, auteur de dix-huit dessins, géants microcéphales hantant des villes tourmentées.

Année 1907 encore : son premier tableau, une huile de couleur, reprise d'une caricature au crayon publiée l'année précédente dans *Le Témoin* sous le titre *Les Regrets de M. Hearst*, avec un personnage démesuré qui parcourt une ville de gratte-ciel et d'usines. Légende : « En France, avec 1 million de francs, c'est Président de la République que je serais… » La peinture, intitulée *L'Homme blanc*, colorie de la sorte les vêtements du passant, et de rouge sa cravate et les immeubles. Une vue de l'Amérique de l'enfance, dans laquelle il renonce à revenir, ce qui lui vaut d'être remercié par le *Chicago Tribune*. Il voyage plutôt en Forêt-Noire et sur les îles baltiques d'Usedom et toujours de Rügen, qu'appréciait et représenta maintes fois Caspar David Friedrich, havre qu'il partage avec Julia. Et aussi en Thuringe, dont il croque les petits villages perchés sur les collines, Markwippach, Zottelstedt, Gaberndorf. Appel toponymique, que j'ai toujours entendu : les noms de ces bourgades résonnent en profondeur, je vais y aller voir, Lyonel m'y incite : « On trouve des clochers d'église dans des coins perdus qui font naître en moi un élan mystique tel que [...] jamais éprouvé. Je reste devant des heures durant afin de m'imprégner du secret de leur forme. » D'où ses séjours renouvelés à Weimar, capitale culturelle de la Thuringe, intense capitale inspirante pour Feininger, comme elle le fut pour Lucas Cranach l'Ancien, pour Bach et pour Liszt. J'ai pris le train depuis Paris, sept heures de trajet, à mon arrivée Weimar la précieuse allait s'endormir. Au pied de la statue de Goethe et Schiller, par excellence résidents de tutelle qui avaient gravé leurs deux noms sur le tronc d'un chêne centenaire, on m'a servi en terrasse *bockwurst*, salade de pommes de terre, pain bis et bière pression locale Ehringsdorfer.

Le conservateur de la bibliothèque Anna-Amalia de Weimar, lointain successeur de Goethe, me promet une surprise, une rareté. Avec les précautions d'usage, il me présente un ensemble de crayonnés grand format de Feininger, que je n'ai jusqu'alors jamais vus reproduits. Pour la plupart, ils figurent ces bourgs de la région, Oettern, Niedergrunstedt, Trebsdorf, dont il saisit un pont, un passage, une rue, avec une manifeste jubilation. Ni personnages ni couleurs, alors que les murs des maisons à colombages sont volontiers peints en rose ou en vert, que les balcons se voient ornés de géraniums écarlates. J'ai évidemment en tête le nom de Gelmeroda, avec son église gothique au clocher octogonal d'ardoise que connaît tout admirateur de Feininger, puisqu'il l'a représentée une centaine de fois tout au long de sa vie, par le dessin, la gravure, l'aquarelle ou la peinture à l'huile. Gelmeroda jouxte Weimar : qu'il est modeste, parfaitement proportionné, ce monument par excellence feiningerien, entouré d'un jardinet de roses rouges pour l'heure déserté ! Aucune ostentation, mais un raffinement stylistique enchanteur dont le peintre s'est emparé comme d'un équivalent. J'ai ensuite emprunté à vélo un « sentier Feininger » balisé qui traverse les bourgades alentour, qu'il a également croquées, Mellingen où sonne un carillon joyeux, Buchfart et son pont de bois couvert, Vollersroda et ses maisons orange. Comment dire ? Les travaux abondants auxquels se livre Lyonel en ces années 1910 à Weimar, quelque dix ans avant son retour pour y exercer au Bauhaus, donnent une impression de bonheur, d'enthousiasme, d'exubérance presque. Lyonel et Julia à bicyclette entre collines et détours, une chanson de félicité.

Ce parcours agreste accompli, le leur, j'ai repris la direction de la ville entourée de collines. Au sommet de celle d'Ettersberg, une construction de maçonnerie dominant un bois attire mon attention. C'est la tour de Buchenwald, oui, Buchenwald, édifiée en 1945 sur Blutstrasse (rue du Sang), qui mène au camp, vaste assemblage de pavillons devenus lieux de mémoire et d'exposition. « Et maintenant, il faut imaginer ! » lance Jorge Semprun, qui y fut interné, à son ami Patrick Rotman. Car la plupart des bâtiments de mort ont été rasés, des gravillons dûment alignés en désignent l'emplacement, le silence dense accentuant encore l'impression d'une abstraction glaçante, à deux lieues de Weimar où régna Goethe, symbole même de l'humanisme éclairé : dès 1937, le nazisme prétendit s'y inscrire comme en continuité.

Les Feininger demeurent quelques jours à Londres, avant que de se réinstaller à Berlin, dans le très élégant quartier de Zehlendorf. Temps difficiles, il faut chercher des commandes, le peintre ressent l'humiliation du quémandeur. « Vive la prostitution, j'ai fichtrement besoin de gagner enfin correctement ma vie », écrit le père de trois petits garçons, qui n'a jamais cessé de douter de lui-même : « En ce qui concerne le talent, j'ai moins de prétention que quiconque, et comme j'en suis conscient ! » Il expose, cependant, sous les auspices de la Sécession berlinoise dont il est l'un des 97 membres désormais, et, à Paris, au Salon des indépendants de 1911, véritable succès public et prétexte à d'innombrables polémiques. C'est là sans doute qu'à Feininger se dévoile le cubisme en avènement, puisque sont accrochées des toiles de Matisse, de Delaunay, de Léger, de Gleizes, qui relevait : « On criait, on riait, on s'indignait, on protestait. » Un pas vers l'abstraction à laquelle tend Lyonel – « J'ai vu la lumière », écrira-t-il – sans toutefois employer le mot. Et de ce que nous connaissons sous le vocable d'« expressionnisme », il s'est rapproché concomitamment. Vertige soudain de couleurs chez un artiste du dessin au noir comme tout à coup libéré par le recours à l'huile. Des églises beiges, des quais violines, des ponts verts, des villes jaunes – *Rue à Paris, ciel rose* –, et toujours ces silhouettes dégingandées d'hommes en haut-de-forme et de femmes à capeline. En découvrant de telles interprétations du réel, point encore abstraites, je me suis convaincu que je n'en avais encore jamais contemplé de semblables. Et quelle singulière fantaisie dans ces scènes de vie rendues par l'ironie : Jésuites reluquant une élégante, lecteurs captivés le nez dans leur journal, cyclistes chevauchant leur draisienne. Attrait du fantastique multicolore, celui-là même qu'exaltait Nerval, l'épris d'Allemagne, par exemple dans « Fantaisie », oui, « Fantaisie », comme décrivant par avance le style-Feininger :

[…] Et je crois voir s'étendre
Un coteau vert que le couchant jaunit,
Puis un château de brique à coins de pierre,
Aux vitraux teints de rougeâtres couleurs,
Ceint de grands parcs avec une rivière
Baignant ses pieds qui coulent entre des fleurs.

Dès le décisif retour de Paris apparaît l'artiste dédoublé, déjà cubiste, de 1912 – *Pont O.*, *Sur la falaise*, *Gelmeroda IV* –, mais qui n'a pas renoncé à sa facture contemporaine et désormais reconnue : *Jour de pluie*, *Balayeurs*. Étonnante conflagration : au cours de ces années qui précèdent la Grande Guerre, Lyonel Feininger se voit confronté à deux des écoles et sensibilités picturales majeures de son temps, la cubiste et l'expressionniste. Est-ce cette double attirance qui mûrit son style si aisément reconnaissable ? En tout cas, j'éprouve la conviction que c'est à moi aussi qu'il s'adresse, moi l'Américain d'adoption et l'Est-Européen de racine. Feininger, truchement artistique de l'acceptation de soi, amorcée depuis un demi-siècle. Existe-t-elle encore, la galerie que le Berlinois Heinz Berggruen avait ouverte rue de l'Université, publiant de gracieuses plaquettes consacrées aux peintres germaniques qu'il exposait ? Il a fait don de sa collection à sa ville, qui a ouvert un musée portant son nom en face du château de Charlottenburg. Me revient le vague souvenir de la matinée parisienne, pluvieuse, évidemment, où m'attendait une substantielle rétrospective de 100 œuvres disposées par ordre chronologique, pastels, fusains, plumes. La galeriste, qui portait un tailleur bordeaux, m'offrit le catalogue. C'était en 1975. Et voici que j'y lis une déclaration de Feininger datant de 1912, précisément en cette époque d'influences partagées : « Il n'y a que très peu d'années que je fais de la peinture ; j'ai dessiné, au contraire, toujours. Quant aux tableaux, ceux que je fais doivent donner ma vision à moi. La peinture directement d'après nature ne me fait aucun plaisir, ce n'est pas pour moi un but. » Refus radical du réalisme : pas étonnant qu'il ait vibré au contact de l'expressionnisme, cette vision chaotique et violente du monde qui poussait plus loin encore les audaces de son contemporain le fauvisme. Expressionnisme ! *Expressionismus* en allemand, un mot à la sonorité brutale, parfaitement adéquate, une tendance plus qu'une école qui, au-delà des seuls arts plastiques, affecte le théâtre et le cinéma, une vigie sourcilleuse qui entrevoit les périls, et qui, pour confluence, a élu Berlin.

On l'a entrevu, Feininger aime les gares, les quais, les signaux, les convois. Il fabrique des modèles réduits de locomotives en bois avec assez de passion pour commencer d'en faire un métier et un commerce, et lors de ses passages à Paris, il ne manque pas de se rendre à Arcueil, dont il a souvent représenté le viaduc du chemin de fer, celui-là même qu'a photographié Robert Doisneau. Cette constante, c'est l'une des raisons de mon éveil à son art. Car j'ai emprunté, dans Berlin encore coupée en deux, le métro qui passait alors librement de l'Ouest à l'Est. J'ai erré sous les verrières de la gare de Zoogarten avec ses déclassés, résidents des lieux, j'ai contourné celle d'Anhalter, cernée de ruines et de barbelés, je me suis attardé dans la gare de Friedrichstrasse, toute proche du fameux point de passage surnommé Checkpoint Charlie, j'ai apprécié les volumes, verre et acier, de la nouvelle Hauptbahnhof.

Et j'ai suivi côté Est des voies abandonnées ne menant plus nulle part. J'ai pris de Paris à Moscou le train qui s'arrêtait des heures à Berlin, et où il était même interdit de poser le pied sur le quai. Toutes scènes, tous instants qui auraient pu figurer dans un roman de John le Carré ou de Philip Kerr. D'évidence, j'ai épuisé au milieu des bois de Grunewald le musée du quartier de Dahlem consacré au premier groupe de peintres expressionnistes, Die Brücke (Le Pont), venus de Dresde, avec lesquels Feininger va frayer à partir de 1912, et qui lui proposent d'exposer en leur compagnie, ce qu'il refuse. Il est l'ami de Heckel, de Felixmüller, et surtout du très remarquable, très extrême Schmidt-Rottluff, correspondant de toute une vie et camarade d'excursions autour de Weimar. Ce sont tous là pour moi de fidèles et anciens compagnons de route, dont je traque l'ombre portée sur toutes les cimaises qui les ont accueillis.

Leipzig, Allemagne de l'Est, à la fin de 1973. Je suis invité au Festival du film documentaire qui se tient dans l'un de ces bunkers de béton gris dont les pays socialistes détiennent la recette. Vol depuis Le Bourget en Iliouchine de la compagnie est-allemande Interflug, correspondance à Prague, aussi éteinte qu'elle resplendissait en son « printemps » lors de mon précédent passage, cinq ans plus tôt. Hiver glacial, artères chichement éclairées, neige fondue sale, piétons emmitouflés, ronflement si caractéristique des moteurs deux temps des Trabant, la poussive voiture référence du régime communiste, aux teintes verdâtres ou jaunasses. Au centre-ville, une librairie à l'ancienne : le régime respecte les livres, et autorise en tout cas ceux qui traitent du glorieux passé du pays, quitte à annexer sans vergogne les créateurs d'autrefois nés dans la partie orientale de l'Allemagne. Ainsi Bach, Goethe, Schiller – mais non pas Marx le Rhénan – sont-ils non seulement allemands, mais allemands de l'Est. Du moins fais-je l'acquisition ce jour-là, lundi 26 novembre 1973, d'un séduisant ouvrage grand format dévolu à Schmidt-Rottluff, à un prix de vente dérisoire. Au nombre des reproductions, un très expressif portrait à l'huile de Feininger, peint en 1915, un grand type maigre au visage osseux digne d'un personnage d'un film de Murnau, corroborant l'autoportrait que Lyonel venait de livrer. En ces années de guerre mondiale, les Feininger, Lyonel, Julia et leurs trois fils passent l'été à Braunlage, au cœur des collines du Harz en Basse-Saxe : moments d'intense production, – phares, tours, chapelles, attelages – au crayon et en gravure sur papier volontiers de couleur, jaune citron, vert émeraude, rouge vermillon, bleu outremer.

Je ne vois pas Feininger comme un peintre expressionniste au sens propre. Il déploie une ironie, un sens délicatement critique dans la représentation des personnages et des scènes dont sont dépourvues les assertions violentes, véritables protestations sociales et politiques des Kirchner, Nolde ou Schmidt-Rottluff qui marquèrent tellement le tout jeune Woody Allen quand il les découvrit adolescent au MoMA. Au reste, Lyonel n'a pas appartenu formellement à leur ensemble du Brücke, non plus qu'à celui, légèrement postérieur et plus spiritualiste, des Munichois du Blaue Reiter (le Cavalier bleu), les Macke, Marc, Jawlensky. Il accepte cependant d'exposer avec ces derniers, et l'un des membres, Alfred Kubin, qui est aussi romancier, devient l'un de ses proches. En 1913, année du fameux accrochage de l'« Armory Show » de New York auquel il faillit participer, deux de ses toiles peuvent se voir en ville, cinq au Salon d'automne de Berlin organisé par celui qui résume exactement l'avant-garde de son temps : Herwarth

Walden le prodigieux, animateur de *Der Sturm* (La Tempête), revue et galerie d'art en même temps que maison d'édition sise Potsdamerstrasse, critique, collectionneur, compositeur, militant de gauche. L'acquéreur de l'une des œuvres de Lyonel n'est autre que le couturier français Paul Poiret, croisé plus haut. Reconnaissance, après les années matériellement difficiles ? La guerre qui s'annonce modifie largement le paysage mental. Comment Feininger, homme de deux continents antagonistes, échapperait-il à une inévitable schizophrénie ? Double appartenance, double tracas. En 1917, alors que les États-Unis sont entrés en guerre, Lyonel, seul cette fois, expose à nouveau ses huiles chez Walden, tandis que la plupart des citoyens américains résidant en Allemagne ont regagné leur pays. Ce à quoi il se refuse, par « loyauté », confie-t-il, envers la terre d'adoption où il réside depuis trois décennies. Succès modéré, il se tourne, à la suggestion des confrères de Die Brücke qui en sont de fervents praticiens, vers la gravure sur bois, l'eau-forte, la lithographie. Et ces nouvelles techniques l'enchantent, il y excelle. Des boulevards, des navires, des immeubles, des grotesques, inspiration jaillissante. Lyonel sauvé ? Relancé, en tout cas, au cœur de cette ville frénétique, industrielle et bucolique, dépeinte par

Georg Heym, exact contemporain et frère en poésie de notre Cendrars :

Des barriques goudronnées roulaient du seuil
Des sombres entrepôts sur les barques hautes
Les remorqueurs tiraient. La crinière de la fumée
Retombait avec sa suie sur les vagues huileuses.

Deux vapeurs arrivèrent avec des fanfares.
Ils baissèrent leur cheminée à l'arche du pont.
Fumée, suie, puanteur gisaient sur les flots sales
Des mégisseries aux cuirs basanés.

Sous tous les ponts que le chaland
Nous faisait traverser, les trompes retentissaient,
S'amplifiant dans le silence comme le son de tambours.

Nous nous laissions aller, dérivant dans le canal
Lentement le long des jardins. En cette idylle
Nous aperçûmes les fanaux de nuit des cheminées géantes.

Jardin du Ranelagh à Paris, il n'y a guère. Une large avenue proche du musée Marmottan, bordée de constructions récentes. Le quartier est désert et silencieux à cette heure, les enfants en classe. Étrangement, il existe une galerie de tableaux en léger contrebas. On y accède par un escalier intérieur de marbre flanqué de miroirs, un silence absolu règne, aucune indication apposée : à quelle porte frapper ? Roman d'espionnage. Me reviennent ces pages inquiétantes des *Gommes* de Robbe-Grillet dans lesquelles un tueur à gages planqué dans les étages guette sa cible, un certain Garinati. Attente prolongée et vaine, une ombre se profile : « Ce n'était pas Garinati. » On vient me chercher : sourire bienveillant du marchand. Les murs de la pièce couverts de tableaux, certains expressionnistes. Mais je suis venu pour le seul Feininger. Mon interlocuteur s'empare d'un large carton à dessin vert et noir : profusion de gravures de l'artiste, tirées comme il y tenait sur maintes sortes de papier de toutes couleurs. Une très petite et très sombre retient mon attention. Pas celle-là : « Regardez plutôt celle-ci », suggère mon hôte. Un clocher, une rue, 15 centimètres sur 10, sur fond blanc. Je n'ai pas hésité. Qui est-il, ce vendeur qui entrouvre benoîtement ses portfolios abondamment garnis d'œuvres de Feininger ? Un patronyme à consonance germanique, un très léger accent de la Mitteleuropa : peut-être est-ce lui, le mystérieux Maurice Aeschimann qui a rendu possible la récente exposition du musée d'Art moderne du Havre dédiée à « l'arpenteur du monde » (« Striding the world »), riche de 139 pièces – peintures, aquarelles, dessins et gravures – conçues entre 1907 et 1949, toutes propriétés du même collectionneur ? J'ai attendu un jour de pluie pour la visiter : les murs de verre de l'établissement posé en bord de mer diffusent sous l'ondée une lumière à la fois brillante et grisée que l'artiste, je crois, aurait jugée adaptée à son travail.

L'Allemagne wilhelminienne vaincue, l'Empire aboli, la République proclamée : révolution à venir à Berlin ou Munich, comme l'avait annoncée Marx, après celle de Russie l'année précédente ? « Somme toute, entre 1871 et 1914, il s'était passé peu de choses. L'Allemagne, simplement, était devenue la première puissance industrielle du monde et sa population avait presque doublé », résume Joseph Rovan, allemand et français, dans son indispensable *Histoire de l'Allemagne*, ce livre de chevet. Avènement de la République de Weimar, à la fois si violente et si pacifiste, qui prévaut pendant douze ans, autant que le régime qui lui succède, le Troisième Reich. La frénésie créatrice en tous domaines précède l'obscurantisme meurtrier. Pour moi, ce sont trois expositions synthétiques s'apparentant à des manifestes qui ancrent mon intérêt, oserais-je écrire, « ontologique » pour ces époques, leurs cultures, leurs acteurs. La première, printemps 1969, colline de Chaillot chère à Giraudoux le germaniste. Je m'achemine vers les musées d'Art moderne de l'avenue du Président-Wilson, où se tient, dans les deux bâtiments édifiés en 1937 pour l'Exposition universelle, la rétrospective anniversaire des cinquante ans du Bauhaus. Davantage qu'un choc : un ébranlement, dont je n'ai connu que trois équivalents, la découverte des films de Bergman, l'écoute des *Impromptus* de Schubert, la lecture des romans de Modiano. L'entreprise-Gropius, une ambition globale touchant toutes les disciplines et toutes les techniques, une usine aussi bien qu'un atelier, une réunion sans égale d'enseignants artistes d'exception. Le Bauhaus, c'est comme le TNP : l'aboutissement empirique d'une approche théorique, le recrutement de pédagogues artistes d'excellence éprouvés ou point encore, « la coexistence étroite, typiquement allemande, de la pensée pure et de la substance concrète », ainsi que l'a noté Andreas Feininger, photographe, fils de son père.

Cet assemblage de formes revêt un caractère à la fois pédagogique et artistique : ne s'agit-il pas avant tout d'une école d'art ? Contenu évidemment politique aussi, la manifestation étant « placée sous le patronage de Willy Brandt, ministre des Affaires étrangères de la République fédérale d'Allemagne ». Le catalogue à couverture bleue, inspiré des travaux et du style du Bauhaus, confié à l'architecte autrichien Herbert Bayer qui y étudia puis enseigna, ne contient aucune lettre en majuscule, que l'institution avait proscrite pour sa propre pratique. Indispensable discours de la méthode, son extraordinaire richesse de textes et d'images alors sans précédent en langue française l'a vite mué en objet rare. Mon voyage peut commencer, sous la ferme autorité de l'architecte Walter Gropius, trente-six ans, époux d'Alma Mahler et fondateur de ce Bauhaus (Maison de la construction) en 1919, fruit de la fusion de deux institutions d'enseignement artistique à Weimar, cette ville « sur laquelle l'esprit a soufflé mystérieusement puisqu'en moins d'un siècle, elle a été choisie par les deux plus grands créateurs de la culture allemande et de la civilisation occidentale, Jean-Sébastien Bach et Goethe » (Michel Tournier). Des dizaines de salles et de disciplines, des centaines d'œuvres, une abbaye de Thélème qui s'ouvre sur le « Programm des Staatlichen Bauhaus in Weimar », manifeste de présentation de cette « école d'architecture et d'arts appliqués », rédigé à son ouverture par Gropius. Sa proposition « fonctionnaliste » est affaire de morale : « Architectes, sculpteurs, peintres, nous devons tous revenir au métier ! Il n'y a pas d'"art professionnel". Il n'y a pas de différence de nature entre l'artiste et l'artisan. L'artiste n'est qu'un artisan inspiré, il doit nécessairement posséder une compétence technique. C'est là qu'est la vraie source de l'imagination créatrice. » Ce qu'affirmaient un demi-siècle plus tôt les Anglais du mouvement Arts and Crafts, William Morris et Edward Burne-Jones. Quatre pages, mais surtout un bois gravé sur papier crème intitulé *Cathédrale*, qui orne la couverture. Éblouissement devant cette géométrie cubiste à la fois abstraite et figurative, pour moi « comme jamais encore vue », selon le mot de Valéry justement gravé au fronton du Paris de Chaillot. Son auteur : Lyonel Feininger. C'est à lui, entre autres possibles parmi ses collaborateurs, que Gropius a donc offert la charge de symboliser l'ambition et le style de l'entreprise Bauhaus, rappel de l'élan spirituel collectif qui, au Moyen Âge, lançait vers le ciel les monuments de la foi.

Avec cette seule gravure, il m'a livré la clé de son monde, j'y pénètre pour ne plus m'en éloigner. Mais que de merveilles alentour ! Pour chaque domaine enseigné, les élèves disposent de deux professeurs, un technicien et un « maître ». On travaille en ateliers corporatifs, réminiscence du compagnonnage médiéval, dévolus à la peinture, à la photographie, au tissage, à la danse, à la poterie, au design, à la statuaire, à la reliure, au costume de théâtre, à la typographie, bientôt à l'architecture... Au long des années et des déménagements du Bauhaus de Weimar à Dessau puis Berlin, Gropius, comme Vilar décidément, requiert les meilleurs pour partager leur expérience avec les étudiants, des peintres surtout, abstraits et cubistes, Klee, Kandinsky, tous deux encore peu reconnus, Itten, Moholy-Nagy, des architectes, Mies van der Rohe, Breuer. Et Feininger, l'un des trois premiers recrutés, se voit logiquement chargé de la classe de gravure et de l'atelier d'imprimerie. Années heureuses, son magistère est reconnu et le climat chaleureux entre membres du corps professoral. Il noue amitié avec le Russe Kandinsky et le Germano-Suisse Klee, avec lequel il se sent le plus en proximité, tant par le style pictural que par la tentation partagée de la musique. Je l'imagine parcourant les couloirs et les salles où enseignants et élèves exposent leurs travaux, tout comme je m'en pénètre au musée : sculptures cinétiques, papiers pliés, carton ondulé, poupées articulées, photomontages, maquettes d'usines, masques et décors de scène, vitraux monochromes, pendules et bouilloires, fauteuils et lampes, brochures publicitaires, fresques murales, tentures tissées, compartiments de wagon-lit, portraits de femmes… Au cœur de cet étourdissant kaléidoscope, les murs de Chaillot offrent une douzaine d'huiles de Feininger, dont *Zirchow V*, cette église penchée vert et bleu qui l'a maintes fois inspiré. Le Bauhaus tient également son prestige des disciples qu'il a formés : ont-ils assisté aux cours de Lyonel, le graphiste Albert Flocon qui servit dans la Légion étrangère, le designer Max Bill, dont les sièges se fabriquent toujours, ou son collègue Wilhelm Wagenfeld, concepteur de la lampe à pied la plus harmonieuse qui fût jamais, et qui n'a cessé d'être rééditée ?

Esprit de corps. En 1926, Walter Gropius lui-même, « Grop » comme on l'appelle, photographie ses troupes, douze hommes en redingote sombre avec chapeau ou casquette et col dur, et une femme. L'air sérieux, presque austères : Josef Albers, Hinnerk Scheper, Georg Muche, László Moholy-Nagy, Herbert Bayer, Joost Schmidt, Walter Gropius, Marcel Breuer, Wassily Kandinsky,

Paul Klee, Lyonel Feininger, qui domine l'assemblée de sa haute taille, Gunta Stölzl, Oskar Schlemmer. Je scrute les visages des participants à ce *Rendez-vous des amis*, le tableau où Max Ernst, à la même époque, représente dix-sept membres posthumes ou vivants du groupe surréaliste, parmi lesquels Aragon, Breton, Crevel, De Chirico, Desnos, Éluard, Ernst, Péret, Soupault. Je l'ai vu récemment au musée Ludwig de Cologne : mais oui, il est un artiste chez Ernst qui aurait peut-être figuré sur la photo de Gropius s'il ne s'était installé à Paris, l'Alsacien Jean Arp, étudiant à Weimar, ami de Klee, exposant avec le Blaue Reiter. Les avant-gardes s'effleurent, Crevel publie en 1930 dans la collection « Les peintres nouveaux » de Gallimard une plaquette dévolue à Klee, qui détaille les collectionneurs de ses œuvres, dont MM. Paul Éluard à Paris et Ernest Hemingway à New York.

De la musique avant toute chose. Avant même la peinture ? Comme Kandinsky et Klee, Feininger, vers 1921, compose autant qu'il peint. J'ai écouté certaines des treize *Fugues* pour orgue ou pour piano de ce scrupuleux disciple de Bach qui aspire à une pure harmonie chromatique autant que mélodique. J'ai sous les yeux la partition de l'une d'entre elles, composée à la main par l'auteur : elle est aussi parfaite que si elle était imprimée, et pourrait s'apparenter à l'esquisse d'un dessin figuratif. L'auteur la donne au Bauhaus même, dans une église, dans une galerie d'art. Comme Klee, avec qui il s'adonne volontiers au violon, Feininger ressent intuitivement l'absolue supériorité de la musique sur les autres arts, peinture comprise, son immanence. Il parle d'une « soif de sons ». C'est au cours de ces années qu'une première reconnaissance lui vient de son pays, *Le bateau à aubes II*, interprétation cubiste de teintes vert et jaune, est acheté par le Detroit Institute of Arts. Mais c'est aussi à cette époque qu'il peint *La Dame en mauve*, pour moi l'une de ses absolues réussites comme assemblage de couleurs poétiques. Retour, donc, à Weimar, il s'est installé pour de bon Gutenbergstrasse 16, mais continue de voyager dans le pays, avec une prédilection pour la Poméranie balayée par les vents, Deep, Treptow, Greifenberg, et d'indispensables détours par Berlin, un monde à soi seul. Weimar la provinciale, où les archives locales conservent l'original du contrat du 1er mai 1919 qui lie Feininger au Bauhaus pour trois ans, cosigné par Gropius et, de sa jolie écriture dessinée, par Lyonel. En

2019, pour commémorer le centenaire de la création du Bauhaus, la ville, vouée au souvenir, a fait construire en son cœur, sur Stéphane-Hessel-Platz, un Bauhaus Museum confié à une jeune architecte dont ce fut le premier chantier. Désarmant cube de béton plus austère encore que les préconisations de Gropius, les collections par leur richesse ne connaissent d'équivalent qu'au musée de Dessau. Je m'y perds, je m'y oublie.

La République de Weimar et ses tumultes trouvent leur expression au Bauhaus, davantage parmi les étudiants qu'au sein du corps professoral. De droite comme de gauche, certains contestent l'institution, en viennent parfois aux mains. Gropius interdit toute conversation politique dans l'enceinte de l'établissement. On me montre au musée des exemplaires de *Der Austausch* (L'Échange), journal étudiant fort bien réalisé où s'expriment artistiquement les désaccords. Feininger le bienveillant ne bouge pas, et institue plutôt l'*Abendakt*, un cours du soir autour de la nature morte qui sert également d'exutoire. Responsable de l'atelier d'expression graphique à partir de 1921, il compose affiches et maquettes, en maître typographe qu'il se révèle être aussi, sans renoncer à son goût pour les modèles réduits. Cependant le Bauhaus Museum autorise un dévoilement. Julia Feininger, épouse et élève de Lyonel en 1920, préférait l'ombre, qui occultait son talent propre. Une vitrine expose les sept poupées qu'elle conçoit vers 1925 pour un spectacle *Mille et Une Nuits* d'après *Shéhérazade* de Ravel, visages africains et orientaux, étoffes de couleurs raffinées. Julia discrètement ironique, selon le portrait à l'aquarelle qu'en livre alors Otto Dix.

Berlin. Feininger a-t-il vibré aux sonorités, aux déflagrations, aux éclairs de magnésium et feux d'artifice qui déchirent la nuit berlinoise ? L'homme apparaît aussi paisible qu'est agitée la capitale, même s'il a adhéré brièvement avec Brecht, Dix, Gropius, Pechstein, entre autres, au Novembergruppe (Groupe de novembre), prônant l'engagement et l'union des artistes, et, avec Gropius toujours, Heckel et Schmidt-Rottluff, au Arbeitsrat für Kunst (Conseil des travailleurs pour l'art), qu'il s'agirait de rapprocher de la vie quotidienne. Feininger en famille, Feininger et son archet, Feininger à bicyclette, les images abondent, mais aussi les témoignages de son inquiétude à propos des soubresauts politiques ambiants. Non qu'il prenne formellement parti, mais l'Allemagne wilhelminienne n'est qu'ébranlements en tout genre. Sans doute est-ce là l'une des raisons de la création en 1924, par la galeriste Galka « Emmy » Scheyer, du groupe informel Die Blaue Vier (Les Quatre Bleus) de Klee, Kandinsky, Jawlensky et Feininger, dont l'objectif est de s'imposer en recours outre-Atlantique : l'année précédente, une première exposition de l'avant-garde allemande dans une galerie new-yorkaise n'avait reçu aucun écho. Klee expose la démarche en un petit poème :

Sous le titre de
Quatre bleus se sont rassemblés
Dans le but
De promouvoir
Le mauvais art
Aux États-Unis
D'Amérique
Sous la direction
De madame l'Infirmière
Emmy Scheyer [...]

L'entreprise échoue, malgré des accrochages successifs à New York puis sur la côte Ouest, et le soutien actif à Los Angeles de Josef von Sternberg, collectionneur avisé. Galka Scheyer n'avait pas été pour rien dans la faveur dont bénéficiait Marcel Duchamp auprès de Walter et Louise Arensberg, ses munificents mécènes et principaux acquéreurs.

Cependant, des difficultés avec les autorités de la province de Thuringe – dont le Parlement, à majorité désormais nationale-socialiste, diminue drastiquement son soutien financier – et avec la ville de Weimar obligent Gropius à transférer le Bauhaus. « Bientôt les nazis s'en prendront aux roses, parce qu'elles sont rouges », écrit un journaliste. Plutôt que Francfort, Darmstadt, Mannheim ou Magdebourg, prêtes à l'accueillir, il opte pour Dessau (Saxe-Anhalt), municipalité socialiste éclairée dirigée par Fritz Hesse, qui lui confie l'édification d'un bâtiment spécialement conçu pour héberger l'école, inauguré début 1926. C'est de la nature profonde de l'époque que rendait admirablement compte la deuxième exposition fondatrice qui me précipite en son cœur : « Paris-Berlin 1900-1933 », Centre Georges-Pompidou, été-automne 1978. Une entreprise comparatiste d'une ambition continentale, portée par des milliers de pièces exposées, et un catalogue-viatique de 600 pages grand format. Pour nous visiteurs, là encore, un voyage organisé. « Maintenant l'Allemagne est un film à épisodes, écrit Tristan Tzara dans *Vanity Fair* en 1923. Un vaste drame à plusieurs compartiments aspergés du vinaigre de la comédie. Tout le monde tourne, comme les chevaux du cirque, autour d'elle. On pourrait dire qu'elle est malade. Les évènements se déroulent vite, et j'ai souvent eu l'impression que toute l'Allemagne joue devant un énorme objectif, dans cet immense studio, les péripéties d'un scénario, qui reste mystérieux pour nous. Le monde entier attend la suite d'une semaine à l'autre, haletant d'impatience. Combien de temps durera encore la projection de ce film sensationnel ? »

Le puissant, presque écrasant assemblage annonce la juxtaposition et le mélange de toutes les disciplines : « Art, architecture, graphisme, littérature, objets industriels, cinéma, théâtre, musique ». Et bien d'autres aspects encore. Une sorte de maxi-Bauhaus lui-même équitablement présent, et flanqué, côté allemand, d'objets emblématiques et de figures de proue comme les hommes de théâtre Brecht, Max Reinhardt et Piscator, des films-manifestes comme *Le Cabinet du docteur Caligari* de Robert Wiene, *Metropolis* de Fritz Lang ou *L'Ange bleu* de Josef von Sternberg, d'après le roman d'Heinrich Mann, avec Marlene Dietrich et Emil Jannings, la Nouvelle Objectivité de Dix, Beckmann, Schad et Grosz, Hans Poelzig et son grandiose Schauspielhaus, John Heartfield et ses photomontages antinazis, le dirigeable *Graf Zeppelin* survolant la porte de Brandebourg, le Reichstag et la colonne de la Victoire, les salles enfumées du Café Schwannecke, les premiers Junker de la Lufthansa sur la piste de l'aéroport de Tempelhof, les portraits photographiques d'August Sander et les viaducs profilés de Renger-Patzsch. Il y a loin, certes, entre la technique extrêmement élaborée de ceux-ci, figures de proue de cette Nouvelle Objectivité dans leur discipline, et la pratique occasionnelle de Feininger. Pourtant, les sujets qui les inspirent sont du même ordre, la machine moderne, aussi rodée que déshumanisée, la ville-usine, la nuit des ponts et des arches, de rares silhouettes de passants vus de dos. Quand Renger-Patzsch fixe même, lui aussi, le clocher d'une église et ses arcs-boutants, c'est à Feininger peintre qu'il me fait là penser.

D'autres extrêmes berlinois, encore. Le pilote Rudolf Caracciola au volant de sa Daimler-Benz carénée défiant un Heinkel He 70, l'avion le plus rapide, les bas-fonds du trafic de drogue et de prostitution comme dans *Cabaret*, la première couverture de *Berlin Alexanderplatz*, le roman d'Alfred Döblin (qui adoptera la nationalité française)... Débauche, c'est le mot, d'énergies, dont rendent bien compte le documentaire muet de Walter Ruttmann, *Berlin, symphonie d'une grande ville*, et la comédie *Les Hommes le dimanche*, muette également, à laquelle collaborent quatre metteurs en scène qui s'installeront à Hollywood, Robert Siodmak, Edgar Ulmer, Fred Zinnemann et Billy Wilder. Les Roaring Twenties américaines connaissent bien sûr leurs rivales européennes à Paris, les Années folles, mais tout autant à Berlin, les Goldenen Zwanziger, suprême recours par compensation d'une société, d'une culture renversées par la défaite. *La Nuit transfigurée* : la ville s'y révèle plus encore que le jour, éclaboussée d'enseignes multicolores, et Giraudoux le germanophile d'expliquer : « Peut-être Berlin saurait-elle trouver, mieux que la nation défaillante, les raisons et les lois d'un nouvel état de choses provisoire, et c'est ainsi que toute l'Allemagne fut suspendue pour un temps, non plus à la volonté d'un chancelier ou d'un prince, mais à la vie instinctive d'une cité », écrit-il dans *Un chancelier*.

Feininger tient sa place au cœur de ce tourbillon. Les décors penchés et asymétriques d'Hermann Warm, Walter Reimann et Walter Röhrig pour *Caligari*, le film symbole de Robert Wiene, semblent inspirés des crayonnés de Lyonel. Questionné par l'essayiste Siegfried Kracauer, germano-américain comme lui, qui préparait son fondamental ouvrage sur expressionnisme et nazisme, *From Caligari to Hitler*, il affirme n'avoir jamais vu l'œuvre en question, ni rencontré ses décorateurs. Cependant, un tableau comme *Umpferstedt 1* pourrait illustrer l'esthétique d'un cinéma expressionniste, ou cubiste plutôt, s'il en existait. En vert, beige, bleu, l'église de la petite ville proche de Weimar impose peu à peu au regard sa structure découpée. Autant les personnages sont chez lui fréquemment irréalistes, troublants, autant les monuments religieux ou civils, loin d'inquiéter, relèvent d'une douce abstraction poétique. Sa manière évolue peu, à l'inverse de l'environnement social, économique et professionnel : voiles de couleur, fines lignes sombres, droites ou obliques, distorsion d'échelles. La République de Weimar, c'est l'effervescence, la coexistence des menées révolutionnaires et des tentations pacifistes visant à placer la guerre hors la loi, la débâcle financière et le développement industriel, le chômage généralisé, la misère ambiante et le redéploiement capitaliste, le repli nationaliste et l'illusion internationaliste. Comment de tels contrastes dialectiques n'affecteraient-ils pas le Bauhaus en son approche totalisante ? Les opinions peu à peu divergent et s'expriment au sein du corps enseignant, Feininger s'opposant à l'insistance de Gropius sur la technologie davantage que sur la pulsion créatrice, « l'étincelle divine de l'art ». En 1924 déjà, il avait songé à quitter cette « tanière de serpents venimeux », comme la qualifie son épouse Julia, et à se consacrer à sa seule peinture – il vient de découvrir un nouveau pigment blanc fabriqué en France qui l'enthousiasme –, voire à regagner les États-Unis. D'autant qu'un Adolf Hitler encore mal connu a tenté un putsch à Munich, et que Feininger ne voit pas sans perplexité certains politiciens de gauche fraterniser avec les nazis.

Une centaine de kilomètres séparent Dessau de Weimar. Une année et demie entre la fermeture du Bauhaus à Weimar en mars 1925 et sa réouverture à Dessau en décembre 1926. Autre province, autre contexte, autres enjeux. À la prééminence des arts plastiques succède celle de l'architecture et des objets industriels, soulignée par un acte décisif : alors qu'à Weimar Gropius et les siens s'étaient installés dans des locaux préexistants, c'est un bâtiment original dédié à l'école et conçu par lui qui s'édifie à Dessau. Et de fait, cette construction toujours intacte s'impose avec l'évidence d'un programme esthétique, mais aussi moral, idéologique. « L'art et la technologie, une unité nouvelle », selon le slogan affiché définissant un ensemble sur quatre niveaux composé de matériaux bruts, verre, acier, béton, qui privilégie la clarté, la couleur blanche et l'angle droit. J'y parviens un jour ensoleillé de printemps. Autant la ville de Dessau, détruite pendant la guerre et asthénique à l'époque communiste, manque de tout charme, autant le geste architectural de Gropius, ce cube de lumière si évidemment moderne, également nanti d'un auditorium, d'un restaurant, d'une salle de sport, intrigue et séduit d'emblée. Gropius a-t-il présenté plan, maquette et chantier à Feininger pour le convaincre de poursuivre leur collaboration à Dessau ? Celui-ci évoque « l'effet paralysant » qu'exerce sur lui le Bauhaus, mais accepte de demeurer membre du corps professoral. D'autant que Gropius lui dévoile un atout de charme, ces quatre « maisons des maîtres » voisines, en lisière de forêt, elles aussi expressions de la doctrine cubique-cubiste, et rappelant l'art géométrique et polychrome de Mondrian. Murs bleus ou verts, rampe rouge, terrasses, confort moderne. Feininger et Julia partagent un pavillon dédoublé avec les Moholy-Nagy, artistes, les Klee avec les Kandinsky, théoriciens autant que praticiens. Lyonel n'enseigne plus mais conserve sa qualification de *Formmeister*, de « maître ». Au reste, ses lettres l'attestent, il se considérait davantage, lui, l'introverti, comme le *Soul Doctor*, le « médecin des âmes » de ses étudiants, qui l'avaient surnommé « Papileo », que comme le dispensateur d'un savoir. « Extraordinaire impression qu'il faisait sur les élèves grâce à ses qualités humaines, écrira Gropius, modestie de l'attitude, empathie aimante mettant en mouvement leurs forces créatrices. »

Dans la jungle des villes de Brecht est créée en 1923 à Munich, où une poignée d'activistes nationaux-socialistes vont tenter la même année un coup d'État, avec l'espoir de rallier Berlin. Les villes allemandes, alors une jungle ? Oui, pour certaines, dont les toiles de Feininger donnent une perception inquiète, voire dépersonnalisée. Il est sur les routes, convié par ses mécènes. À Erfurt, son *Église des minorités* valorise une architecture géométrique au détriment de silhouettes humaines à peine repérables au pied du tableau. À Halle, où il s'installe pour plusieurs mois en 1929 et 1930, l'écrasante église Sainte-Marie et la cathédrale qu'il a commencé par photographier terrassent toute autre présence de leur masse brun doré. En revanche, sa vision des lieux profanes, des nuages et des rivages septentrionaux, de la nature reflète une harmonie apaisée, qui fait songer aux toiles de Turner, parfois aussi à celles de Friedrich : ne villégiature-t-il pas jusqu'à la petite ville de Greifswald où naquit ce dernier, dont l'impressionnante toile *Moine au bord de la mer*, qui date de 1809, pourrait annoncer Feininger ? Une marine quasi abstraite habitée d'un seul personnage à peine esquissé. Voici Lyonel exposé en majesté à Dresde, à Essen, à Berlin, mais quand Alfred Barr, du musée d'Art moderne de New York, prétend l'accrocher comme peintre américain, la presse du pays s'offusque. Américain d'Allemagne ? Allemand d'Amérique ? Ni l'un ni l'autre, ou les deux à la fois. Pour avoir lu sa correspondance, et notamment celle qu'il échange avec son épouse Julia, je n'ai pas le sentiment d'aborder un être écartelé. Et puis le compositeur assidu, l'artiste graphique consacré qu'il est désormais a ajouté une discipline à sa pratique. À l'instigation de ses fils Andreas et Theodore, qui lui offrent un appareil et lui aménagent chambre noire et agrandisseur, il s'initie avec fougue à la photographie, pour laquelle il démontre une aptitude nouvelle, lui qui se décrivit longtemps comme son « ennemi invétéré ». Je me demande si son voisinage à Dessau avec Moholy-Nagy, photographe apôtre de son art auquel il convertit Gropius, n'a pas joué un rôle majeur dans cette évolution « pictorialiste », concurrence entre les deux moyens d'expression.

Trois photographes américains contemporains, Stieglitz, Steichen, Feininger. Le dernier, résidant en Allemagne, ne connaît pas les deux autres, qui vivent aux États-Unis. La ville, la nuit surtout, en noir et blanc, leur offre une inspiration commune, qui s'impose d'évidence tandis que je parcours les salles du Bauhaus Archiv de Berlin, tout près du Tiergarten. Feininger a expliqué que l'apparition des portables Leica, se substituant aux lourds modèles à pied et plaques, avait changé son usage même de la prise de vue. Ses visions nocturnes des bâtiments de Dessau donnent la mesure de l'admiration d'abord formelle qu'il leur porte : c'est la structure architecturale qu'il privilégie, d'où, comme dans ses paysages, est absent tout être vivant. La *Fenêtre de l'atelier de*

Moholy-Nagy vers 10 heures du soir, éclairée de l'intérieur, laisse à penser que la pièce est vide. Les ruines de *L'Église de Haff* ne tolèrent aucun élément vivant, pas plus que la *Vue sur Bölbergasse*, toutes deux en contre-plongée. *Le Bauhaus de nuit*, avec ses balcons nus, semble attendre les fantômes, qui sûrement s'apprêtent à venir hanter les lieux. Laissez-moi à présent vous emmener par une *Nuit brumeuse* le long de Burgkühnauer Allee à Dessau, de ses arbres dénudés en enfilade sur la chaussée brillante que laisse deviner le halo des lampadaires : travaux de Brassaï, de Kertész, ces Hongrois de Paris ? Non, de Feininger. Au monde des trains qu'il a de tout temps prisé, il consacre également des clichés aussi magnifiquement composés, sinon mis en scène, que ceux de l'Américain Winston Link : *Cour de la gare au crépuscule* plonge sur des voies parallèles, des quais enneigés, des réverbères allumés, des hangars massifs, des convois à l'arrêt ou en mouvement. Je l'imagine, Lyonel, peut-être accompagné de son fils Theodore, photographe professionnel qui signe *T. Lux*, cadrant depuis une passerelle enjambant les rails, dans le vacarme et les volutes de vapeur échappées de la locomotive qui vient de passer. Deux impressions contradictoires, le mouvement des trains et le temps suspendu, le concret et l'abstrait : Feininger, donc, bientôt au sommet de sa notoriété en Allemagne, qui sera sanctionnée par l'exposition cardinale – 72 tableaux, 65 aquarelles – de la Nationalgalerie de Berlin, en septembre 1931, également présentée à Leipzig et à Dresde. Apothéose ? Nullement aux yeux de cet artiste tout intérieur qui déteste « l'exhibitionnisme » : « J'ai l'impression que l'exposition m'arrache mon anonymat. »

Dessau encore, où surgissent de-ci de-là les ombres furtives de ce qui fut l'Allemagne de l'Est. Au long de Kavalierstrasse, l'avenue principale, un urbanisme mécanique, d'immenses barres d'immeubles réhabilitées entre lesquelles pousse l'herbe folle, de modestes bistros et des châteaux d'eau ouvragés, des rues pavées. Et cette colossale usine de briques rouges comme abandonnée à sa décrépitude depuis trente ans. Mais aussi le plus achevé des musées consacrés au Bauhaus, au contenu aussi spectaculaire que pédagogique, et dont on construit sa visite comme en kit : ordre du parcours, contenu des salles toutes équipées de fiches à disposition, exhaustivité des disciplines présentées, un Bauhaus disséqué en unités multiples. Feininger graveur, particulièrement exposé, ne réside pas seulement à Dessau au cours de ces années de tension. Puisqu'il reçoit des commandes de plusieurs municipalités, et qu'il est désormais libéré des contraintes matérielles, il peut continuer avec Julia ses balades vélocipédiques dans l'agreste région du Harz. Je me suis un peu perdu dans ces détours forestiers et ces villages restés proches de ce qu'ils étaient avant la chute du Mur, mais bien des fois j'ai cru retrouver des paysages et des bourgades représentés par Feininger. Est-il un jour passé par le village perché de Wippra, que j'ai arpenté sans y croiser une âme, non plus que la moindre Trabant survivante des années de plomb ?

Je me suis de longue date avancé sans précaution ni méthode dans le continent-Feininger, multicolore et polymorphe. J'ai marché sur ses traces, chemins aisés à repérer même si peu fréquentés. Et je me suis autorisé à en imaginer certaines, plausibles ou fantasmées. Ainsi de Montevideo, capitale de la República Oriental del Uruguay. Destination peu courue qui, justement, m'a de tout temps attiré, à l'instar de ces Européens, Italiens, Russes, Français, qui ont peuplé le pays au XIXe siècle. Et des Allemands, en nombre ; après tout, les Feininger auraient pu, comme tant d'autres, émigrer plutôt sur ce bord du Río de la Plata. N'y ai-je point aperçu une Deutsche Schule, un laboratoire Goldfarb, un cabinet d'architectes Bartfeld & Jablonska, une droguerie Sztryck & Weiss ? Je m'y trouvais une nouvelle fois, il y a peu, sans que ce fût pur hasard. Larbaud, qui ne la connaît que par ses lectures et les descriptions de ses amis tel Jules Supervielle qui y est né, évoque quelque part la « jolie petite capitale de l'Uruguay ». Son premier charme, c'est d'offrir une anthologie recopiée des styles architecturaux européens. En son cœur, sur la place de l'Indépendance, un édifice en particulier me fascine, dont la démesure écrasante le rapprocherait de certaines gravures et toiles de Feininger : l'extravagant Palacio Salvo, mi-Art nouveau mi-néogothique, avec ses pignons, ses tourelles et ses balcons, et ce phare qui le couronne. Il me fait songer à son contemporain de 1928, le non moins monumental immeuble Beresford de New York, sur Central Park, ou à l'hôtel Balmoral d'Édimbourg.

Juste à côté, la vaste poste centrale de Montevideo n'est plus guère fréquentée, et quand j'ai demandé un annuaire du téléphone, Pilar, l'aimable guichetière désœuvrée, m'a souri : il n'en existe plus depuis bien longtemps. Pourtant, elle a une idée : puis-je l'attendre quelques minutes ? J'achète des timbres illustrés de la faune du pays, lama, jaguar, condor, toucan, guanaco, tapir, ours, manchot. Pilar revient avec un sac de jute poussiéreux, d'où elle extrait un volume cartonné du plus bel orangé, l'édition 1967 du recueil des abonnés du pays, qu'elle me confie jusqu'à la fin de son service, dans deux heures. Et tel un Patrick Modiano montévidéen, je tourne les pages, repère bien des patronymes à consonance germanique, et recherche évidemment celui de Feininger. Il en est un, Ermelino W. Feinninger, avec deux « n », il demeure 1497 Bulevar Aparicio Saravia et son numéro est le 27-843. De la famille ? J'appelle, sonnerie dans le vide, pas de messagerie. J'y vais, direction le quartier de Peñarol, le club de football le plus illustre de la ville. Les noms des rues célèbrent les écrivains d'Europe, Shakespeare, Dante, Goethe, Camões, Lope de Vega, Tolstoï, Molière : un signe ? Le 1497 est un immeuble banal de quatre étages, bien tenu, dans lequel on pénètre sans code, la porte vitrée en est grande ouverte. Pas de tableau des résidents, pas de gardien. Accompagnée de sa petite fille, voici une femme qui revient du marché, je l'interroge. Oui, Feinninger, cela lui dit vaguement quelque chose, il habitait au 3e gauche, mais il y a longtemps qu'elle ne le croise plus. Un homme discret qui vivait seul, il boitait légèrement et s'aidait d'une canne. Étranger ? Non, pourquoi ? Je suis devant sa porte, des prospectus bigarrés dépassent du paillasson. La sonnette ne fonctionne pas, je frappe, rien ne bouge. Comment le retrouver, ce Feinninger uruguayen ? Et de toute façon, entretient-il un lien avec la famille de Lyonel ? Que m'aurait-il appris ? Je me raisonne : pourquoi du peintre, dont je sais qu'il n'a jamais mis les pieds en Amérique du Sud, aurais-je ici trouvé une ombre ? C'est que je me le suis toujours représenté en *Wanderer*, en voyageur, en exilé.

Oui, l'ombre. Cadrage fixé d'une ombre, c'est bien dans cette visée que j'ai entrepris ce grand voyage autour d'un artiste, tout de digressions et d'incidentes, cercles concentriques l'entourant de près ou de loin. En toute cité de culture germanique où je passe, je me rends si elle en dispose au musée d'art, en quête éventuelle d'une œuvre de Lyonel. Ainsi à Vaduz, Liechtenstein, sont exposés un Beckmann et un Kirchner ; à Winterthur, en Suisse, un Friedrich et un Böcklin. Pas de Feininger. Et je poursuis sans barguigner cette vaticination *rioplatense*, comme on dit en ces terres. Sur le marché aux puces installé devant le

Théâtre Solís de Montevideo où se produisirent Jouvet et sa troupe au cours de leur équipée héroïque pendant la guerre, j'acquiers un vieux numéro des *Cahiers du cinéma* dans lequel il est question d'un très singulier film uruguayen, *Whisky*, que j'avais découvert en son temps. Comment soupçonner qu'il allait me ramener à Lyonel ? En ce retour fugace à ma cinéphilie d'autrefois, mes pas me mènent à la Cinemateca Uruguaya qui programme *L'Aurore* de Murnau, que François Truffaut avait décrété « le plus beau film du monde ». C'est la fin de l'après-midi, il n'y a pas foule dans la salle. L'évidence me frappe dès les premières images de cette œuvre effectivement sublime : la fameuse dérive d'un tramway dans la nuit, l'usage oblique de la perspective, la sophistication de la lumière façonnée par Karl Struss et Charles Rosher, digne de Georges de La Tour, autant de composantes si proches de l'univers pictural de Feininger à la même époque exactement : 1926. *L'Aurore*, contemporain aussi des stances à l'« amour fou » édicté par les surréalistes, c'est également la célébration de la ville salvatrice. Feininger réside à Dessau, mais la Ville majuscule, c'est Berlin, où il se rend fréquemment. Je le vois longer la façade des grands magasins de luxe Wertheim, « château de rêve de la tentation », et celle de la brasserie Pschorr de Leipzigerstrasse, dans le quartier de Mitte, emprunter le tram 99 en direction de Tempelhof, rejoindre ses amis Döblin, Walden, Else Lasker-Schüler qui fut l'épouse de ce dernier, accompagnée de Benn qui désormais partage sa vie, au Café des Westens, dit aussi Café Grössenwahn (Mégalomanie) à l'angle du Kurfürstendamm et de Joachimsthalerstrasse, ou, dans le voisinage, Dix ou Brecht à l'invraisemblable Romanisches Café à la façade néo-romane. Un en-cas au restaurant Aschinger, et en route pour la Philharmonie où Fürtwangler dirige les *Variations* de Schoenberg, puis pour le cabaret Le Crocodile, où peut-être se produisent, la nuit avancée, Marlene Dietrich et ce « violoniste rouge » qu'a maintes fois portraituré Lyonel.

Et voici que Gropius quitte ses fonctions au début de 1928, et avec lui Bayer, Breuer, Moholy-Nagy. Lassitude, projets personnels. Hannes Meyer prend la relève en un virage politique qui voit le Bauhaus se rapprocher de Moscou. Gropius, demeuré figure tutélaire, parvient toutefois à imposer l'architecte Mies van der Rohe comme nouveau directeur en 1930. Feininger, insouciant, se consacre à la commande que lui a passée la ville de Halle, alors que pour la première fois sept de ses œuvres comme peintre américain sont exposées non sans controverse au MoMA de New York, quelques semaines après le krach de Wall Street. Et puis tout s'envenime. Rosenberg et Himmler fondent à Munich une Ligue de combat pour la culture allemande. Les nazis, qui tiennent désormais le conseil municipal de Dessau, décident à l'automne 1932, sur l'injonction de Goering, la fermeture du Bauhaus, que Mies van der Rohe installe comme institution privée à Berlin, dans une ancienne usine de téléphones. Cette fois, les Feininger ne suivent pas, séjournant à Deep ou à Halle, tout en conservant leur adresse de Dessau. Halle s'était montrée généreuse envers Lyonel : le directeur du musée Alois Schardt lui avait commandé en 1929 une série d'une douzaine de vues de cette ville médiévale, l'hébergeant plusieurs mois dans la tour du château de Moritzburg qui abrite aujourd'hui le musée des Beaux-Arts. Me reviennent les mots d'Achim Moeller me pressant de me rendre à Halle la saxonne, moins pour la mémoire de Haendel que pour y approfondir ma connaissance de Feininger. J'ai franchi le pont-levis qui donne accès au bâtiment, à la salle exclusivement dédiée aux tableaux à l'huile : je n'en ai jamais vu autant réunis, et cet assemblage subtil résume les sources d'inspiration et les manières de l'artiste. La Seine, péniches et passants, Vollersroda à la fois cubiste et abstraite, les monuments de Halle, la cathédrale massive, presque inquiétante, l'église Sainte-Marie, la Tour rouge, toiles peintes au début des années 1930. Je me suis toujours demandé quand Lyonel et les siens avaient pris conscience des dangers qui s'annonçaient : le 30 janvier 1933, Hitler est nommé chancelier du Reich. À peine quelques mois plus tard, Emmanuel Levinas écrit dans la revue *Esprit* : « La philosophie d'Hitler est primaire. Mais les puissances primitives qui s'y consument font éclater la phraséologie misérable sous la poussée d'une force élémentaire. Elles éveillent la nostalgie secrète de l'âme allemande. Plus qu'une contagion ou une folie, l'hitlérisme est un réveil des sentiments élémentaires. »

II

RETOUR

Tout a changé, tout va changer. En prend-on la mesure ? Du moins, pour ce qui est de son métier, Feininger revit le temps des commandes privées, éloigné qu'il est désormais du Bauhaus. Le parti national-socialiste dorénavant majoritaire ne laisse pas longtemps passer l'occasion de mettre un terme à l'entreprise fondée par Gropius. Sa rationalité théorique, son entrée accomplie sur le marché de l'art décoratif – le Bauhaus vend ses projets à l'industrie : luminaires, papiers peints, tapis et tentures –, son exemplarité qui voit le modèle exposé et décliné hors d'Allemagne, à Zurich comme à New York, autant de motifs qui défient la nouvelle idéologie plébiscitée par le suffrage universel. À quoi s'ajoute en soubassement une conception annoncée de la création artistique à mille lieues de la pratique weimarienne en cours. « J'ai trouvé dans le Bauhaus l'expression la plus parfaite de l'art dégénéré », déclare explicitement Goebbels. C'est le monde de l'imagination tout entier qui s'apprête à basculer, non sans que des signes avant-coureurs n'aient été prodigués : le ministre de l'Intérieur de Thuringe, nazi convaincu, signe une ordonnance « contre la musique nègre » et fait décrocher les toiles de Feininger, de Kandinsky, de Klee du musée de Weimar, alors que paradoxalement Berlin propose peu après la rétrospective majeure du premier, révéré comme patrimonial. Des journaux partisans s'efforcent de le ridiculiser, une descente de police est opérée à son domicile, et le nouveau maire lui aussi nazi de Halle, cette ville qui lui témoigna tant de bienveillance, installe ses tableaux dans une « Chambre des horreurs » du Moritzburg Museum. Pour y accéder, on doit décliner son identité, à quoi consent le visiteur irlandais de passage Samuel Beckett, amateur éclairé de la veine expressionniste.

D'autres mises en garde ? Leur chère petite ville de Deep, où Lyonel et Julia séjournent fréquemment et depuis 1924 tous les étés, ne veut plus d'elle, qui est juive, des banderoles antisémites sont tendues dans les rues à leur arrivée en

1935, et Lyonel est sommé de démontrer son ascendance aryenne. Piscator, Eisler, Brecht, Heartfield, Walden ont émigré à Moscou, Grosz à New York, tandis que se tiennent dans diverses villes allemandes des expositions stigmatisantes dites « de la honte », « Schandausstellungen », et qu'est interdit l'accrochage à Munich de « 30 artistes allemands », parmi lesquels les expressionnistes Beckmann et Nolde. Plus significatif encore, l'autodafé organisé par les nazis le 10 mai 1933, quand les étudiants, « contre l'esprit anti-germanique », brûlent sur la place de l'Opéra, devant l'université Humboldt, 25 000 livres « ignobles et sales des auteurs juifs de l'asphalte », écrit Goebbels. Juifs ou marxistes, ou pacifistes, ou antinazis, les plus grands noms de la pensée en langue allemande, Heine, Marx, Einstein, Freud, Zweig, Brecht, Remarque, Kästner, mais aussi Gide et Proust, Hemingway et Jack London, Gorki et Maïakovski. Un naufrage de l'esprit opéré sous une pluie diluvienne, et reproduit à l'identique en province, à Brême, Nuremberg, Dortmund, Hanovre, Francfort, Munich, à Halle aussi : se peut-il que Feininger n'en ait pas eu connaissance ? N'est-il pas temps pour lui de quitter son pays d'adoption ? La place de l'Opéra est aujourd'hui rebaptisée Bebelplatz. Je ne manque jamais de m'y rendre à la nuit tombée quand je me trouve à Berlin, gageant que Lyonel lui aussi en longea les quatre côtés, passant depuis Unter den Linden devant l'université Humboldt, l'opéra, la cathédrale Sainte-Edwige, la Bibliothèque royale, le siège berlinois de la Dresdner Bank, désormais Grand Hôtel de Rome. M'y voici lors d'un automne lourdement pluvieux, les conditions mêmes de mai 1933. Les pavés luisent, reflétant le halo jaune orangé des réverbères, quelques passants sous parapluie se hâtent, de rares voitures font gicler l'eau des caniveaux, c'est exactement l'atmosphère de *M le Maudit* de Fritz Lang. Je m'avance vers le centre de la place, je sais y trouver une dalle de plexiglas translucide éclairée de l'intérieur. Il faut se pencher sur ce mémorial de l'autodafé pour apercevoir en dessous une pièce nue garnie de bibliothèques d'une aveuglante blancheur laquée. Dont les rayonnages sont vides. Je connais peu d'œuvres mémorielles aussi puissamment symboliques : dans ce registre, les Allemands sont insurpassables.

Feininger, les voyages. Il avait revu Paris et la Bretagne, une dernière fois, au printemps 1931, maintenu ses séjours à Berlin et sur la Baltique, et livré bon an mal an une dizaine de tableaux.

Quand Alfred Neumeyer, professeur d'histoire de l'art au Mills College d'Oakland en Californie, lui propose de venir y enseigner lui aussi, l'offre arrive à son heure. L'établissement jouit d'une bonne réputation en matière d'initiation artistique – Lyonel y a peut-être croisé Darius Milhaud, qui forme à la composition musicale –, et le moment est venu de céder à cette tentation du retour qui le poursuit de si longue date. Le 6 mai 1936, depuis Hambourg où il était arrivé quarante-neuf ans plus tôt, il embarque pour New York, où l'attend son plus vieil ami d'enfance, Fritz Kortheuer, qui vit dans le Connecticut. Puis Los Angeles, San Francisco, Oakland, où il donne cours au Mills College pendant la session d'été, et où est organisée la première exposition à lui seul consacrée aux États-Unis, qui voyage ensuite à Seattle, Detroit, New York. Une reconnaissance, dans l'Amérique du New Deal ? En tout cas, en Allemagne, à Hambourg où l'on célébrait « L'art allemand de l'année olympique », dont Feininger était partie prenante, les autorités se hâtent de fermer la manifestation : de quoi donner des remords à un Lyonel, qui, dans une lettre à Julia, s'était enthousiasmé pour l'« humanité » d'Hitler dans un discours « admirable » devant le Reichstag. Le couple décide cependant de revenir en Europe, par Stockholm où vit désormais leur fils aîné Andreas, passé de l'atelier de Le Corbusier à la pratique de la céramique. Le temps des hommages est bien passé : le ministre de l'Éducation et de la Culture ne vient-il pas de lancer la campagne visant à proscrire des musées toute trace de « l'art dégénéré » ? Feininger n'a achevé que six toiles, dont l'éblouissante *Église de Gelmeroda* à dominante bleue, en cette année où il est convoqué par le parti au pouvoir pour vérification d'identité aryenne. Il prend alors la décision de regagner définitivement le pays natal. Le 11 juin 1937, adieu à l'Europe, les Feininger repartent pour Mills College, pour le Nouveau Monde, sans un sou. « Je me sens rajeunir de 25 ans sachant que je me rends dans un pays où l'imagination artistique et l'abstraction ne constituent pas un crime intégral, comme c'est le cas ici. » Le 19 juillet s'ouvre dans neuf salles de l'Institut archéologique du Hofgarten de Munich l'exposition officielle intitulée « Entartete Kunst » (L'Art dégénéré).

Je me souviens de Munich. J'arrivais de Franconie, cette région du nord de la Bavière dont le nom m'évoque les provinces de l'Europe médiévale. Au pied des clochers ou au-dessus du chevet des églises de Wurtzbourg, de Bamberg, de Rothenbourg, j'avais vu se mettre en mouvement toutes les heures des carrousels séculaires de figurines grimaçantes. J'achetai au musée du Jouet de Nuremberg un manège mécanique monté sur une boîte à musique, dernière fantaisie avant l'inéluctable passage au Reichparteitagsgelände de Speer, sanctuaire du nazisme. Je pouvais alors gagner Munich la méridionale si volontiers enjouée, Munich la putschiste, Munich où un caporal autrichien décoré de la croix de fer de première classe est condamné à cinq années de prison à la suite d'une tentative avortée de coup d'État, pendant lesquelles il écrit *Mein Kampf*. Munich, capitale artistique en creux du Reich, puisque plutôt que de célébrer, ce qui est le propos de presque toutes les expositions d'importance, « L'Art dégénéré » négativise, dénonce et se joue de la temporalité. La décadence alléguée, pour être née au début du siècle en cours, cesserait brutalement en 1933, an I de la renaissance. Pour donner la pleine mesure du péril désormais conjuré, on en montrera un large panorama, rien de moins qu'une synthèse de la création picturale d'avant-garde, germanique et européenne, contemporaine. Avec ce risque réflexe, syndrome de Stockholm appliqué, que les visiteurs, loin d'accepter la propagande mise en scène, la réfutent et admirent ce qu'on a placé sous leurs yeux. Point de statistiques cependant sur ces effets-là, évidemment minoritaires, mais des chiffres précis à propos d'une entreprise idéologique seulement comparable par son ambition globalisante aux jeux Olympiques de Berlin. Elle a été précédée dès 1933 de maints accrochages préparatoires, de moindre envergure et sur le même sujet, à Mannheim, à Ulm, à Dessau, Feininger étant représenté à ceux de Karlsruhe, de Dresde, de Breslau. Des répétitions avant la grande tournée inaugurée à Munich, 112 artistes, 650 œuvres exposées, certaines délibérément de guingois, sur 16 000 saisies dans les musées, des citations réputées infamantes peintes sur les murs, et même des acteurs payés pour simuler l'indignation devant certains de ces travaux, trois millions de visiteurs, l'entrée est gratuite, au long de quatre années d'itinérance à travers le Reich étendu à l'Autriche à partir de 1938 : Berlin, Leipzig, Düsseldorf, Salzbourg, Hambourg, Weimar, Vienne, Francfort, Halle, notamment.

Au mois de février 1991, le Los Angeles County Museum of Art, LACMA, inaugure en ses vastes locaux de Wilshire Boulevard une monumentale rétrospective, « Degenerate Art, The Fate of the Avant-Garde in Nazi Germany », qui reconstitue partiellement en 175 pièces sa devancière allemande de 1937-1941. Je dois convenir que c'est avec gourmandise que je m'y rends. Après le Bauhaus à Chaillot et Paris-Berlin à Beaubourg, troisième temps d'immersion muséale, un nouveau spectacle proprement mis en scène, conforme en cela en son modèle. Le catalogue contient un prodigieux fac-similé, la brochure-guide originale imprimée en lettres gothiques et vendue 30 pfennigs. Illustrant le titre « Entartete Kunst », une sculpture cubiste en plâtre expression de la décadence, *L'Homme nouveau* d'Otto Freundlich, contemporain de Feininger lui aussi exilé, mais en France. À l'intérieur, 30 pages de réflexions politiques et artistiques, de commentaires sur les œuvres, d'extraits de discours du Führer. Un compendium de la conception nazie des arts plastiques, à la fois simpliste et obsessionnelle, appuyée dialectiquement par le jugement critique comme par le marché, qui ont encensé les artistes dénoncés. Jubilation noire à relever les noms des stigmatisés : c'est simple, ils y figurent tous, les repères du XXe siècle pictural, regroupés en écoles honnies, quelle succession cocasse ! Abstraction, Dada, cubisme, futurisme, fauvisme, surréalisme, expressionnisme, constructivisme. Mais alors, que reste-t-il ? Ceux que le pouvoir voudrait exalter dans le regroupement jumeau dit « Grosse Deutsche Ausstellung », qui mobilise le bâtiment neuf inauguré en face du Hofgarten, cette Haus der Deutscher Kunst qui attire beaucoup moins de curieux. Logique : à parcourir la liste de ces peintres et sculpteurs exposés et jugés représentatifs du nouvel « art héroïque », je me demande qui a même entendu parler d'Esser, de Geibel ou de Klein. Un Américain qui m'a vu m'attarder sur chaque pièce au mur ou en vitrine me demande : « How stupid ! Can you explain ? » Il est d'origine allemande et découvre à l'évidence le sujet, mais nullement les artistes proscrits, très présents dans les musées de son pays : Dix, Itten, Grosz, Nolde, Beckmann, Heckel, Schmidt-Rottluff, Pechstein, Felixmüller, Hausmann, Kirchner, Baumeister, Marc, Corinth, Schlemmer, et les étrangers, Gauguin, Munch, Van Gogh, Chagall, Kokoschka, Mondrian, Jawlensky, Klee, Lissitzky, Braque, Kandinsky. Et Lyonel Feininger.

De l'absurdité dégradante. Stephanie Barron, conservatrice en chef et commissaire de l'exposition du LACMA, m'emmène à la cafétéria. Elle m'explique que la scénographie a été conçue avec son ami Frank Gehry, et me fait remarquer le contraste voulu entre certaines salles très sombres et la clarté californienne d'autres, pourvues de verrières. À l'image du sujet même, une entreprise de démolition interprétable aussi comme un hommage implicite délibéré. Elle insiste sur les premières pages du guide désignant les coupables infernaux, les Juifs, les bolcheviques, les Noirs également, tous « un-German », non allemands, que la doxa hitlérienne assimile volontiers à des malades mentaux et à des déviants sexuels, dont on connaît le sort funeste qui va leur être réservé par la « révolution nationale-socialiste » accouchant d'un « nouveau type humain ». Et elle ose l'analogie avec les activités « un-American » dénoncées moins de deux décennies plus tard par le sénateur McCarthy. « Avez-vous noté que parmi la centaine de créateurs rassemblés pour les condamner, on ne compte que six Juifs ? » Et d'ajouter d'intéressantes précisions chiffrées : les plus exposés au retrait autoritaire des cimaises publiques, donc jugés les plus pernicieux, ont été Nolde (1052, pourtant antisémite notoire, membre du parti national-socialiste !), Heckel (729), Kirchner (639), Kokoschka (417) et Feininger (378). Chiffres colossaux, à rapporter au nombre d'œuvres retenues pour « Entartete Kunst » : 50 de Schmidt-Rottluff, 32 de Kirchner, 27 de Nolde, 17 de Kokoschka et de Klee, ainsi que 22 de Feininger, pour lequel le choix ne manquait pas de discernement. On retrouvait sa manière, entre expressionnisme et cubisme, ses techniques de prédilection, huile, aquarelle, gravure sur bois, ses sujets récurrents, Gelmeroda, Zirchow, les monuments de Halle, le *Violoniste*, ainsi que l'un des portfolios gravés qu'il avait publiés sous l'égide du Bauhaus. Ce qu'il advint de cette collection volée ? À l'initiative de Goering et de Goebbels, qui entend « faire de l'argent avec ces ordures », elle est pour partie, 125 articles, livrée aux enchères lors d'une vente organisée à Lucerne en juin 1939 par la galerie Fischer. Au nombre des enchérisseurs, les galeristes Pierre Matisse et Curt Valentin, futur agent de Feininger aux États-Unis, et toujours le cinéaste Josef von Sternberg, un fidèle.

Lui n'a rien vu de tout cela. Il vogue présentement sur l'Atlantique, soulagé un peu, inquiet aussi pour sa survie économique. Mills College paie bien ses deux mois de prestations estivales, mais ensuite ? À l'automne, Julia et Lyonel emménagent à New York, dans le modeste Hotel Earle de Washington Square, quartier de Greenwich Village. Et comme parfois les éléments épars s'assemblent harmonieusement ! Je suis, depuis des années, un familier de cet établissement désormais dénommé Washington Square Hotel, de son ascenseur poussif, de ses chambres exiguës et de son restaurant en sous-sol, tout proche qu'il est des emprises de New York University où j'ai enseigné chaque mois pendant plus d'une décennie. Comme lui sans aucun doute, j'ai fréquemment arpenté la ruelle pavée qui donne accès à la Maison française de l'Université, croisé les peu farouches écureuils gris du square, donné des rendez-vous au pied de l'arche blanche qui célèbre le premier président des États-Unis. Temps de disette pour Feininger, qui représente à la plume et à l'encre ce qu'il voit de sa fenêtre, notamment ces citernes de bois au sommet des toits, si caractéristiques de New York. Retrouvailles avec l'enfance : « Je suis dans un état d'émerveillement perpétuel, tout me touche d'une façon ou d'une autre [...]. Je suis seul dans la ville où je suis né, je suis parti musicien, je suis revenu peintre, presque tous les gens que j'ai connus sont morts », écrit-il à un ami. L'année 1938 lui sourit un peu davantage : déménagement définitif dans un modeste appartement de la 22e Rue, commande d'un panneau mural pour le Bâtiment du transport maritime de l'Exposition universelle, à laquelle participe aussi Salvador Dalí pour un spectacle aquatique. Dévoilée en avril 1939, la composition de Lyonel est illustrée de drapeaux de toutes couleurs. Si deux accrochages dans des galeries new-yorkaises ne se soldent par aucune vente, l'Exposition le requiert une deuxième fois, pour une fresque en trois parties destinée à la cour intérieure du Pavillon des chefs-d'œuvre de l'art. Rétabli dans sa propre confiance, Feininger se remet à la peinture à l'huile en novembre 1939, inspiré par ses souvenirs d'Europe, de mer, de dunes et de bateaux, sans négliger sa pratique de la photographie.

Quel est-il, le New York avec lequel renoue Feininger ? Effervescent, toujours. Les peintres, amis ou contemporains de Lyonel, sont rarement figuratifs, Pollock, Newman, Guston, Tobey, à l'exception de Hopper, ce coloriste d'exception, lui aussi résident de Greenwich Village. Mais les photographes nous ont donné la ville en noir et blanc, en des représentations définitivement inscrites dans notre mémoire visuelle : les couvertures de Margaret Bourke White pour *Life*, le musée Guggenheim de Frank Lloyd Wright, inauguré en 1937, les lourdes berlines à carrosserie arrondie et calandre rutilante, Packard, DeSoto, Chevrolet, Buick, les foules laborieuses mises en scène par Dos Passos dans sa trilogie *U.S.A.*, les films noirs des studios Warner avec James Cagney ou Humphrey Bogart, tournés à Hollywood mais supposés se dérouler à New York. Toutefois, c'est l'irremplaçable travail de Berenice Abbott qui nous offre un véritable armorial d'images telles que Lyonel les retrouva ou les découvrit à son retour. Dès 1935, cette disciple d'Eugène Atget entreprend l'équivalent pour sa ville de ce que son maître français avait accompli pour Paris, en fixer l'évolution en cours, monumentale et sociologique, sous le titre *Changing New York*. À une exposition très fréquentée succède deux ans plus tard la publication d'un ouvrage homonyme inégalé, vite devenu classique, et que Feininger, je le gage, a tenu entre ses mains. De Harlem au nord à Battery Park au sud de Manhattan, avec quelques incursions dans les quatre autres *boroughs*, les boutiques, les ponts, les marchés, le métro, les églises, mais surtout les gratte-ciel anciens ou flambant neufs, et les New-Yorkais parcourant les interminables artères rectilignes ou les dernières venelles, témoignages d'un temps révolu :

une déambulation exhaustive à travers la nouvelle capitale du monde occidental.

Il ne résiste pas à la puissance suggestive de la ville, même s'il passe les étés en Nouvelle-Angleterre près de chez ses amis Fritz Kortheuer à Falls Village, Connecticut, et Dorothy Miller à Stockbridge, Massachusetts. La nature, l'océan non loin, des contextes familiers, et des sujets de tableaux, souvent inspirés d'esquisses et de gravures anciennes rapportées d'Allemagne. Mais New York ! Pour la représenter, il ressent la nécessité de faire évoluer son style. « Il faut seulement que je sache si j'aime suffisamment la ville », et la réponse est évidemment positive. Il explique alors vouloir s'affranchir des lignes droites : paradoxe quand on le voit s'attacher aux immeubles uniformes de Lexington Avenue, alignés de façon quasi abstraite, et d'où l'être humain est le plus souvent absent. La couleur bleue domine, ses représentations des gratte-ciel de Manhattan ne trouvent pas preneur, et s'il reçoit un prix à l'exposition « Artists for Victory » de 1942 au Metropolitan Museum, c'est pour le somptueux *Gelmeroda XIII*, peint en Allemagne en 1936. L'année suivante, c'est le musée de Worcester qui le distingue, et en 1944 un accrochage d'hommage le célèbre, 75 contributions, au MoMA dirigé par son ami et défenseur de tout temps Alfred Barr, puis dans une dizaine d'autres établissements, sans beaucoup d'écho : « Il est effrayant de voir à quel point les expositions ont peu de retombées dans ce pays », écrit-il à son ami peintre Mark Tobey. En l'espèce, Feininger est associé à un autre artiste américain qui lui aussi séjourna en Allemagne en 1915 où ils s'étaient rencontrés, Marsden Hartley, que je découvre. Parmi les proches de celui-ci, Charles Demuth, et c'est alors pour moi comme un écheveau qui se dénoue. Au Nouveau-Mexique, ce n'était pas hier, je venais de Taos ou d'Albuquerque, les buttes-témoins de grès rose parsemaient le paysage désertique. À Santa Fe, non loin de la place coloniale avec ses arcades et ses échoppes, j'entrai au musée Georgia O'Keeffe, dédié à l'œuvre de cette dernière et à celle du groupe « précisionniste » qu'elle fréquentait, et dont Demuth faisait partie. Demuth et Feininger, le rapprochement allait de soi : ils avaient tous deux découvert le cubisme français et le futurisme italien à Paris, fréquenté l'Académie Colarossi, travaillé la photographie, mais surtout représenté la ville en des termes picturaux néo-cubistes comparables, plutôt églises et immeubles pour Feininger, fabriques et paysages industriels pour

Demuth. Lequel ne détestait pas un humour à la Magritte, intitulant *My Egypt* un profil d'usine, *After All* un ensemble de cheminées, *Aucassin et Nicolette* une muraille de briques, *And the Home of the Brave* une succession de corons. Ainsi donc la sensibilité et la façon feiningeriennes ont-elles à peu près à la même époque correspondu, inconsciemment sans doute, à celles de Demuth, son cadet de douze ans.

Feininger, peintre américain. Parlait-il l'allemand avec l'accent de New York ? L'anglais avec l'accent teuton ? Pas d'enregistrement sonore de sa voix, il ne me reste qu'à l'imaginer. En trouverai-je trace à la Lyonel-Feininger Galerie de Quedlinburg, en Saxe-Anhalt, qu'Achim Moeller me citait en exemple de l'un de ces lieux à visiter absolument ? Du moins aurai-je retrouvé des régions qui formaient la RDA ou DDR, cette Deutsche Demokratische Republik dont pas mal d'Allemands d'aujourd'hui conservent ce qu'ils appellent l'« Ostalgie ». Feininger n'a pas séjourné à Quedlinburg, même si les montées pentues de cette petite ville médiévale, ses colombages et ses placettes l'auraient à coup sûr inspiré. Une ruelle escarpée m'amène au château en surplomb, à côté duquel la Galerie de style moderne expose la collection de Hans-Hermann Klumpp, un juriste qui étudia au Bauhaus à partir de 1929. Personne : la conservatrice de me confier que Lyonel n'attire pas les foules. Premier objet proposé, sa bicyclette américaine de marque Cleveland, qui date de 1898, puis une anthologie de sa production et, plus rare, de ses maquettes de bois : un voilier à quille orange et bleu, un galion fabriqué en 1896 avec un sens maniaque du détail, une locomotive avec quatre wagons aussi précise qu'un jouet miniature Märklin. La Lyonel-Feininger Galerie donne aussi à voir quelques toiles de la fin de la période allemande, juste avant le retour aux États-Unis, dont le très étonnant *Voilier et pêcheur* aux à-plats expressionnistes tango et noir. À la boutique, véritable bibliothèque feiningerienne, j'acquiers entre autres la reproduction d'un tableau absolument singulier dans l'œuvre de Lyonel, *Maisons éclairées II*, que je prends pour un Klee. J'irai le voir un jour au musée des Beaux-Arts de Bâle. Et en accord avec la difficile installation de Feininger dans son pays natal, sortant de la Galerie, j'ai commandé au Café Kaiser la « soupe des pauvres », savoureux potage aux légumes non moulinés.

Les amitiés anciennes. Le Bauhaus d'origine est mort, mais son influence intellectuelle et stylistique demeure, outre-Atlantique notamment, où se sont installés, hormis Feininger, certains de ses animateurs éminents, Gropius, Mies van der Rohe, Moholy-Nagy, qui avait créé un New Bauhaus à Chicago dès 1937, Josef Albers, initiateur de la curieuse expérience du Black Mountain College, à partir de 1933. Près d'Asheville en Caroline du Nord, littéralement au milieu de nulle part s'ouvre une institution anticonformiste en gestion collective, où le cursus privilégie les travaux personnels et des activités inattendues : arts plastiques, poésie, tissage, musique, et tout autant randonnées pédestres et fêtes en tout genre. Mâtiné du souvenir des théories d'Emerson et de Thoreau, l'esprit-Bauhaus reconstitué sous la houlette de maîtres qui en proviennent, tels en 1945 Gropius pour l'architecture et Feininger pour la peinture, ou non, comme Motherwell et Zadkine, et plus tard John Cage, Rauschenberg ou le chorégraphe Merce Cunningham. On ne s'ennuyait pas au Black Mountain College. Sans doute la principale rencontre de Lyonel en ces années d'après-guerre est celle de l'historien de la musique Alfred Einstein, Juif allemand naturalisé américain et lui aussi domicilié à Stockbridge.

Signes de sa légitimité, son élection comme président de la Fédération américaine des peintres et sculpteurs, en 1947, et cet autre prix décerné par la Fondation Carnegie. *Nuages sur la Baltique*, peint cette année-là, démontre son intacte créativité : l'aquarelle bleu-violet fait songer à la semi-abstraction de Turner, détrompée par la frêle silhouette, à peine discernable, d'un bateau à voile. Impression d'une relance, tandis que l'Institut d'art contemporain de Boston lui consacre une exposition, partagée avec Jacques Villon. C'est cette fois pour la salle à manger des premières classes du transatlantique *Constitution* qu'il lui est commandé un nouveau panneau mural de 13 mètres, tandis qu'autour de 1950 circulent des sélections de ses huiles et aquarelles dans toute l'Allemagne, en Angleterre, en Italie, au Brésil. Les étés, les Feininger les passent en Nouvelle-Angleterre, en compagnie d'Albers, de Tobey, de Gropius. Et Lyonel de s'étonner de son intact désir de peindre, en dépit de sérieux ennuis de santé. « Je pense moins, je travaille sans l'obsession du résultat final. » Et toujours ce goût du retour en arrière, du réinvestissement d'une première approche. Un dessin, une gravure, une photographie parfois consignés depuis vingt ou trente ans lui inspirent un tableau sur le même sujet. Achim Moeller me montre un cliché en noir et blanc de 1930 représentant des maisons au bord de l'eau et son pendant à l'huile de 1950, composition identique mais en teintes bleu, vert et noir, un crépuscule peut-être, diffus, tendant vers l'abstraction. Il revient à ses silhouettes de fantômes, *spooks* et *ghosties*, sans abandonner la confection de jouets de bois, telle cette *City at the Edge of the World* (La Ville du bout du monde) en 68 pièces de 10 centimètres, personnages, maisons, ponts, animaux de toutes couleurs, qui reprend une encre de Chine gouachée de 1910.

Lyonel Feininger a entretenu jusqu'à sa fin une correspondance assidue avec ses compagnons de l'expressionnisme et du Bauhaus, Schmidt-Rottluff, Heckel, Muche, Marcks. À ce dernier il écrivait en 1948 : « Il est étonnant de voir comment le passé continue de vivre en nous, transfiguré et non pollué, et, à certains moments, il inspire un nouvel élan et une nouvelle énergie créatrice. Globalement, quand je regarde en arrière, je vois une vie qui me paraît aujourd'hui avoir été presque paradisiaque. » Il disparaît le 13 janvier 1956, treize ans avant que nous nous rencontrions.

Œuvres d'Olivier Barrot (suite)

LE THÉÂTRE ÉDOUARD VII, *L'Avant-scène théâtre*, 2009.

CINÉ-CLUB, avec Raymond Chirat, *Flammarion*, 2010.

JE NE SUIS PAS LÀ, volume 3, *La Table Ronde*, 2012.

TOUT FEU TOUT FLAMME, *Cahiers du cinéma*, 2012.

LA REVUE BLANCHE, avec Pascal Ory, *La Table Ronde*, 2012.

TRANSPORTS PEU COMMUNS, avec Alain Bouldouyre, *La Table Ronde*, 2013.

UN LIVRE UN JOUR, UN LIVRE TOUJOURS, *La Martinière*, 2014.